作家精选
必读的精品散文
策划

为了心中的梦想

高文瑞◎著

血！生命的源泉。20世纪初，科学家发现了人类的ABO血型系统。从此，输血便成为临床医学的一项革命。血液对生命的作用无可替代。

知识出版社

图书在版编目(CIP)数据

为了心中的梦想/高文瑞著.—北京:知识出版社,
2011.11

ISBN 978-7-5015-6312-8

Ⅰ.①为… Ⅱ.①高… Ⅲ.①散文集—中国—当代
Ⅳ.①I267

中国版本图书馆 CIP 数据核字(2011)第 209775 号

策　　划　刘　嘉
策划编辑　马　强
责任编辑　张　磐
责任印制　李宝丰
封面设计　晴晨工作室

知识出版社出版发行

地　　址　北京市西城区阜成门北大街 17 号
邮政编码　100037
电　　话　010-88390732
网　　址　http://www.ecph.com.cn
印 刷 厂　三河市兴达印务有限公司
开　　本　1/16
印　　张　14
字　　数　180 千字
印　　次　2011 年 11 月第 1 版　2024 年 6 月第 3 次印刷

ISBN 978-7-5015-6312-8　定价:58.00 元

目　录

第一辑　众　生

第二辑　艺　痴

第一辑

众　生

再造新北川

新县城交接

按照李长春同志指示精神，中国作家协会组成"中国作家赴四川灾区采访团"，我有幸成为团员随行，沿着"5·12"汶川那条地震带，从震中心映秀直到断裂最为严重的北川。

巧得很，出行第二天，正值北川新县城整体移交。这天是 2010 年 9 月 25 日，下午 3 点 30 分，山东省委书记姜异康将一把挂着红花的大钥匙，郑重交到了北川县委书记陈兴春手中。陈兴春深深地鞠了三个躬：北川人民感谢山东！

四川省委书记刘奇葆在援建北川县项目竣工交接仪式上充满感情地说：两年来，山东省积极响应中央开展对口支援的号召，帮助北川灾区建起的是美好家园，在四川人民和灾区人民心中树起的是巍峨丰碑。有力促进了灾区城乡脱胎换骨的巨大变化……

北川的干部群众自发地在路边敲锣打鼓，列队欢迎，为来宾献上羌红、咂酒。十里八乡的北川人来了，他们想看看隆重的仪式，逛逛崭新的县城。50 多岁的老居民何安全说：在我的梦里也没想过新县城会有这么大，这么漂亮。人群沸腾了，北川人高喊着"感谢祖国、感恩山东"。他们带来北川特产的核桃、板栗，一把把塞向援建者。这是对亲人的不舍之情。

北川人将铭记那 3 万多援建者，那历经艰辛困苦的 400 多个日日夜夜。

山东人拿出了老大哥样子，把北川作为自己的一个县，举全省之力来援建，共安排各类援建项目 369 个，总投资 121 亿元，完工项目 345 个。援建之初就放出话"三年援建任务两年基本完成"。黄海之滨，羌山横亘，山海相连，海誓山盟，共同"再造一个新北川"。

北川县城在"5·12"大地震中几乎被夷为平地，2 万多居民只有 4000 余人逃生。巨大的灾难牵动着国家领导人的心。地震中胡锦涛总书记、温家宝总理等多次来到灾区。胡锦涛指示：一定要把北川建好，并在重建中为新北川县城所在地取名为永昌镇。新名寓意着永远幸福繁荣昌盛。

北川新县城是"5·12"后唯一异地重建的县城。新县城的选址和设计经过精心的准备。参与规划的全国顶级设计单位超过 50 家，多名院士参与的论证会超过 100 次，参与设计的专家学者超过 1000 人次。其中包括像吴良镛、周干峙等 6 位院士和张锦秋、崔恺等 6 位建筑设计大师。这是中国城市建设史上的一个奇迹！经过多方考察论证，只有北川县安昌镇东南 2 公里处最适合建新县城。2009 年 2 月 6 日，民政部同意将安县的安昌镇、永安镇、黄土镇的常乐、红岩、顺义、红旗、温泉、东鱼 6 个村划归北川羌族自治县管辖，并建立永昌镇。北川羌族自治县人民政府驻地由曲山镇迁至永昌镇。

北川新县城依山傍水，宽阔清澈的安昌河穿城而过，如同乳汁滋养着两岸的人们。这正是大城市的特点，有了水，便有了灵气与韵味。沿岸是景观休闲带，种植着桂树、银杏等，绿树成荫。真是一座美丽的城市。正如温家宝总理说过的：时间证明，北川异地重建是正确的。

我们沿城区转了一圈。主城区的骨架为两条环状的主干道。宽阔的永昌大道为双向四车道，沿线能看到有行政办公楼、行政服务中心、北川中学、老年活动中心、图书馆、文化馆等。另一环路为新川路，沿线是商业医疗服务带，有北川人民医院、中医院、疾控中心等，永昌一小也修建于此。

新县城内共分城镇安居、公共服务、基础设施、生态绿化、文化旅游、产业园区等6大类。新县城水、电、气等能源供应、医疗卫生等基本生活体系完备。学校、医院、广电大楼、水厂等新县城的公共设施和基础设施已经开始启用。目前已具备城市运行条件。我发现，连路边的指示牌甚至垃圾筒都已配备齐全。大型居民区有两片。具有羌族传统特色的新居民楼整洁明亮，已完成基础装修，水电气均已接通，受灾群众搬来家具即可入住。

街道沿用着老县城街道的名字，如尔玛街、石泉街等。山东人说：北川新县城不能留下山东省的名字，援建是应尽的义务。无私的精神令人感动。

特色商业步行街

禹王广场倚着安昌河。一端连着禹王桥，一端连着特色商业步行街。竣工交接仪式刚刚举行，步行街建筑物上还挂着标语。街口矗立着巨大的牌坊，顶檐上挑，两边是高高的雕楼，极具羌族特色。各路商家还没进驻，街上时有行人在走动。

羌族特色商业步行街独具一格。商铺结构为框架式，多为三层，也有四五层的碉楼，屋顶采用平坡结合，相互穿插，整体看上去高高低低错落有致。建筑材料采用片石和原木，色彩呈现出浅褐色，其间点缀着棕褐色，朴素协调，充分展现了羌族特色。羌族特色商业步行街有一条主街和两条附街，以地域民族风情为主题，以民族民俗手工艺展示为特色，功能完善，设施齐全，集购物、餐饮、娱乐等功能为一体，是北川新县城的一张"城市名片"。

羌族特色商业步行街是山东省援建北川新县城的十大标志性项目之一，是北川新县城景观中轴线和步行廊道的重要组成部分，也是集中体现传统羌族风貌特色的重点区域。据介绍，商业步行街的建筑面积 7 万平方米，投资 2.5 亿元，分东西两段，东段建筑面积约 3 万平方米，由 12 栋单体工程组成。西段及禹王广场，建筑面积 4 万平方米，包括 15 个单体建筑、3 个碉楼，禹王广场地下为停车场和人防工程。这一现代服务业项目将增加就业岗位 4000 多个，实现近 10 亿元的营业收入。步行街于国庆节前后正式开街迎客。

如果说步行街独特别致，对面河上架着的禹王桥可说是雄伟壮观了。大桥跨度有 204.2 米，宽为 12.6 米，两端建有雕楼。桥分上下两层。登上桥楼，安昌河穿流而过。碧水蓝天，长河落日，真是休闲的好场所。楼下是宽阔的走廊，两边有商铺，卖些羌服羌绣等文化商品。廊桥装饰着羊头骨和白色，也就充满了羌族特色。

桥名令人感慨。英雄大禹常在这一带活动，当地人认定他出生在这里。大禹治水，三过家门而不入，传为佳话。今人震后治灾，也谱写了曲曲赞歌，同称英雄。

桥只能步行，走在桥上，触景生情，也是廊桥，想起刚刚发生在这里的一段故事，不是恋情，却比之更为真实，更为感人。

刘涛和赖英是一对儿恩爱夫妻，同在山东青岛东方监理有限公司工作。2009 年初生下一女，9 月份刚满 5 个月，还没断奶。刘涛报名参加援建，赖英也报了名，感情很好的夫妻吵了架：

"女儿才 5 个月大，奶都没有断，你为什么要跑去北川受累啊？"

"北川援建是大事，你去为什么我不能去？女儿今后长大了也会理解我的选择！"

相持不下，两人只能同赴北川。女儿托付奶奶抚养。

两人负责的项目正是禹王桥。来后他们没有跟任何人提起过女儿的事情。2010 年春节，刘涛和赖英选择留在北川过年，把回家的机会给了同事。直到中央电视台焦点访谈栏目《新北川，迎新春》节目中采访播出时，大家才知道这对夫妻将小女儿独自放在数千里之遥的父母家。

赖英说："我们只能通过在电话中听女儿的声音来解思念之苦。女儿其实根本听不懂我们说的话，而我们能听到女儿声音就满足了。当第一次从电话里听到女儿会叫'爸爸''妈妈'时，我们眼睛一下子红了，恨不得立刻回到女儿身边。"

刘涛经常从各个角度给禹王桥拍照，这是为女儿准备的，要让女儿知道这座美丽的大桥是青岛为北川建的，将来也要带她来北川新县城，让她看看这座大桥，看看这个由山东人援建的美丽县城。他和妻子不是合格的父母，但他相信自己对得起"青岛援建者"这一光荣称号。

不倒的学校

北川中学在大地震中遭受到毁灭性灾难，备受世人瞩目。温家宝总理曾8次看望过该校师生，并在黑板上写下了"多难兴邦"。援建自然也是重中之重。2010年8月17日，新学校的"金色的钥匙"经过建设单位、中国侨联、绵阳市政府、北川县政府传递后，交给了北川中学，时间仅1年多。9月1日，新北川中学如期举行了隆重的开学典礼。至此，北川需要重建的40所学校、幼儿园的50.7万平方米新校舍基本完工，全县3.7万多名学生全部搬进新校园。每个学龄孩子都有了属于自己的位置。

新北川中学是北川新县城的标志性建筑之一，由中国侨联援建，总投资2亿元，设计建造曾吸引海内外侨胞、港澳台同胞及社会各界的关注。项目启动后，香港大学、清华大学等顶尖设计团队纷纷提交设计方案，经过12次专家集体论证，设计蓝图才最终敲定。

学校占地225亩，建筑面积72000平方米，可容纳5200名学生学习、寄宿，并拥有千人会议室及初、高中两部分教学楼。抗震烈度按8度设计。为保障学校安全，施工人员在桩基施工过程中，每隔1.8米就打下一根8米高的桩，整个建筑累计打桩2000多根，每单位立方米消耗钢筋达到60

至65公斤。桩基打得比楼还高，就像古树生根一样紧紧抓住楼体。人们的意愿和决心，就是要用最快的速度和最好的质量，把北川中学建成一座"不倒的学校"。42岁的羌族人罗成忠见证过北川新县城的质量：密密麻麻喔，钢筋密得鸟都飞不过去。

走进新校园，犹如打开一卷美丽的水墨画，建筑以黑灰色为主调，中间加入了具有羌族服饰特色的红、黄、蓝、绿、黑五种颜色，美丽而不张扬，平凡而不平庸。

1号教学楼内，一层的大部分区域被辟为陈列室，展示着地震中北川中学遭遇的灾难和灾后重建的大量图片。楼外西侧的纪念广场上矗立着一面流线形纪念墙，上面镌刻着为北川中学重建而捐献的善款人的名字。

绿色是学校的主打颜色。绿色的草坪、绿色的树木、绿色的塑胶篮球场……男女生宿舍的楼下都设有一间心理辅导室，透过敞亮通透的阳光房，随时都可看到那片片的绿色。

学校的建筑考虑到了多种因素，楼不高，普遍3至4层，每栋建筑都设有紧急通道，有利于疏散，保证师生在20秒左右到达室外空场。教室外的走廊开阔，有3至6米，避免拥挤。平时课间，学生不用出教学楼就可享受到新鲜的空气和阳光。地震中右腿被截肢的学生郭冬梅说：现在新学校每栋楼都有残疾人专用通道，可以坐着轮椅，轻松地从教室到图书馆，再到宿舍……

聚宝盆工业园

民生是震后需要解决的更大问题。从农村走向城镇，祖祖辈辈靠山吃山的老百姓靠什么生活？新县城的设计者从开始就在筹划排解难题。

新县城南的北川—山东工业园，让北川人寄予厚望。园区占地1.4平方公里，已经完成全部基础设施的投入，总投资19.33亿元。落户引资企业33家，目前已有17家企业竣工进入试投产，年底前将全部实现投产。

目前已形成电子信息、机械设备制造、食品药品加工、纺织服装、新型建材等五大产业发展重点。园区全部投产后，每年实现产值 30 亿元，利税 3.5 亿元，是老北川的 3 倍，从而实现北川产业转移，成为支撑经济的脊梁，预计可以安排 8000 人就业，为新县城留了个"聚宝盆"。

园区内，一条条宽阔平坦的柏油路将企业隔开，块块相接，每块内厂房林立。北川丰煜食品综合出口加工有限公司便在其中。他们看中了北川农副产品的资源，专门从事集无公害土特产、农副产品、科技研究、基地种植、产品深加工、进出口销售于一体的科技型项目。公司与北川的桂溪乡镇、擂鼓镇、通口镇通过"基地加农户"的模式，建设了 9000 亩魔芋基地、万亩猕猴桃基地。目前，魔芋面条等绿色食品已正式投产。项目的建设，将对北川产业结构调整、农民增收起到巨大作用。

北川茶叶曾名闻于世，茶农占全县人口近三分之二。地震后，10 万亩茶园大半被毁。山东羽琨茶叶公司决定把企业转移，落户北川，斥资 6800 万元。北川原来也有羌山雀舌、俏泉、五星、自然天堂、禹露 5 家茶企，有个形象比喻"有指头无拳头"，形不成规模。这次北川将 5 家茶企"打捆"准入北川工业园，与北川羽琨有限公司一并组成茶产业园。不少业内人士充满信心：北川茶产业将迎来春天。

产业援建是山东援建北川五大任务之一，本着输血与造血相结合、短期援建与长期援建相结合的原则，高起点、高水平、高标准建设一个北川新产业体系。山东建设的鲁援建材厂将全部留给北川县，包括鲁援建材厂、鲁援砂混厂等。这些企业经过一年多的运营，有了一批技术熟练的工人，有了成熟的管理经验，有了稳定的客户资源，很有前景。

园区对北川人充满了吸引力。地震中丧女的羌族绣女贾德华说得好：有份工作，生活变得美好，就像自己的骨头上长出新肉。

吉娜羌寨

沿着山路，经过"大禹故里"的牌坊，远远便看到了山坡上高高的羌族雕楼和一片羌式民居，便有了"云朵上的民族"的感觉。一面面"羌"字彩旗迎风招展，那就是吉娜羌寨。吉娜，羌语为"最美好"之意。

走在弯弯曲曲的青石板小路上抬头望去，民居紧邻，外墙漂亮，贴的是青石片，古朴美观，听说内里的建筑结构是钢筋水泥，非常结实。羊头骨饰品和房顶上的白石头极具羌族文化特点。寨子开阔地上还建了小广场。广场周边有原木建成的商铺。

地震中寨子遭到重大损坏，71户村民房子有69户需要重建。这是全省开工最早、入住最早的寨子。全村农房只用了5个月便建完，于地震当年的12月26日完成新居入住。有村民亲属也搬过来。寨子依山傍水，样式上保留了羌式风格，交通也便利。村民在广场上载歌载舞，度过了灾后第一个春节，氛围格外热烈。之后每天晚上，村民都要在广场上跳羌族传统的锅庄舞。大家的精神振奋多了。

村民可以搞旅游、打工，也可搞羌绣等手工艺品。今后这里是旅游集散地和生产加工地。商铺是一间间的，里面的货物琳琅满目：袖珍绣花鞋、背包、牦牛角梳、手镯及各种饰品，极具民族特色，细览才知，皆因有了羌绣和当地手工，也就排除了那种司空见惯的旅游通用品。村民在这里摆摊设点赚点儿生活费。同行人大多挑选购买了商品。不仅因为到了灾区，商品确有特色。一种大绒面料的背包，黑色上绣着艳丽的花朵，配色对比极为鲜明，即使是穿着讲究的年轻女士背起来也会增色，致使很多人用它做道具，背着照像。

李家蓉是商铺的主人，看上去有50来岁，抱着孩子做生意。跟她攀谈起来。回答说：孩子6个月，是孙子。儿子当厨师，在那边镇里做饭；儿媳跟着一起跑堂。一家人生活在一起。这里的生意不太多，但每天都能走些货。

沿着街道往深处走，一位羌族老奶奶坐在门前竹椅上。我伸出大姆指和食指比划着问："您80多了吗?"老人有些耳背，没太懂，也伸出手让我看，整个手掌没有了，只剩下手腕。她说了几句，口音太重，没能听懂，我想应该是在地震中砸掉的吧。不论怎样，我心头一紧，没有了问话……看着老人那安详平和的神态，又多少放松了些，庆幸老人能够逃离灾难，如果是的话。

村民家多是二三层的小楼。走进一家，一楼是门面，并带有厨房，多是崭新的厨具的煤气灶，可以搞餐饮。二楼有大客厅，布置了沙发、数字电视、宽带上网，厕所安有浴霸。还有四间房，居住或接待可以自由安排。女主人唐琼秀说：农房重建，改变了生活，让我们一下步入了城里人的生活。

她高兴的表情让我感到：村民生活的品质前进了一大步。

世人瞩目的中国羌城

设想终于变成现实。一座基本具备城市功能的北川新县城站立起来了。自10月开始，新县城将启动入住工作，年底前会有4万人入住。北川是我国唯一羌族自治县。这座新城有人起了一个响亮的名字：中国羌城。

灾后城乡住房重建，按照"安全、宜居、特色、繁荣、文明、和谐"的原则，坚持科学选址、规划先行。在认真做好震情、灾情评估和地质地理条件、资源环境承载力分析等基础上，遵循"避开地震断裂带、避开地质灾害隐患点、避开行洪通道"的"三避让原则"，确保选址科学、安全、可靠。

北川新县城的规划强化了羌族风貌，在城市设计上延续了羌民族依山傍水的选址布局特色。新县城还通过羌族民俗博物馆、羌族非物质文化遗产传习所等一系列文化遗产保护工程，传承羌民族文化。

北川新县城重建分三步走：第一步，2008年至2010年，完成人口安置，启动基础功能和工业园区建设；第二步，2010年至2015年，集聚人口，进一步完善功能和彰显特色；第三步，2015年，提升城市地位和形象建设，拓展功能辐射周边。根据规划，北川新县城 2020 年用地规模将达到 7 平方公里，人口将增至 7 万，是北川老县城的 3 倍以上。

国务院参事、国家减灾委专家委副主任、国务院应急管理专家组组长闪淳昌认为：科学重建的关键是科学规划。新县城的建设结合了传统的羌族文化特色和现代建筑技术，体现了对少数民族文化的尊重。北川利用重建契机，传承且发扬了民族文化。

冰岛大学地震工程学研究中心教授西格布·约翰森认为：北川新县城不仅选址规划科学、合理，而且羌族特色的建筑很漂亮，有特色。建筑是有生命和文化的，四川将灾后恢复重建和传统文化的保护结合得很完美，这对世界各地小城镇的建设很有借鉴和启发意义。

一座城市、一所学校牵动的是世界人民的心。大灾之后的北川，正在脱胎换骨，如同神话，凤凰涅槃！

总指挥眼中的北川

多方援助

绵阳历史文化悠久，大禹故里、李白故居，虽有异议，绵阳人也有着充足论据。其实更多的还是受三国文化的影响。刘备进川，看到这里险要富饶，大为感慨，"富哉，今日之乐乎"，在绵阳与刘璋演义出许多故事。《方舆览胜》载，富乐山之名便由此而得。

简单的介绍，觉出他的谈吐不像个纯文人，尽管白净脸，戴眼镜。同去北川的路上，他坐在最前面，拿着话筒，不断说给大家。

绵阳是四川省的第二大城市、中国的科技城。这里有物理研究院，又称九院；有中国动力研究中心，亚洲第一，世界第三；有高空试验台，试验飞机涡轮发动机。地位很重要，中央领导人都多次来过这里。大地震时，断裂带从绵阳市边经过，非常危险，震坏哪一项都不得了。

越听越印证了我的猜测。清晰的思路、严密的表达，更像行政官员。问同行作家才知，他是绵阳市人大书记、副主任，地震时任常务副市长，北川的抗震救灾现场总指挥，对灾情最为熟悉，视角也最为独特。

"5·12"大地震，绵阳损失重大，约有 2600 个亿，全国支持有 2200 个亿。这次灾后援建，起点高，具有超前意识，总体能让绵阳前进二三十年，有些文化设施，如学校、医院、敬老院等还要超前，比大城市不差。援建对于绵阳来说，是质的飞跃、量的扩张。

变化体现在农民住房。安全指数上升了，能抗 7 至 9 级以上的地震；推进城乡一体化进程，原来是王家大院、李家大院的形式，重建后为几口之家的小院，甚至还有小区式的，居住环境与城里差距缩小了；住房功能有了变化，以前有猪圈羊圈，现在不养殖，要搞旅游或加工了；基础设施改变了，地震前交通条件落后，现在穿山架桥，增加了路网密度，等级也提高了，老县城是三级公路，现在双向二车道，与城市的连接大为缩短；电力通迅水利有了极大提升，通讯设备有两套，再有这么大的灾也不会终断联系。一切翻天覆地。

援助来自多个方面，有中央的好政策；有各省的支援，仅绵阳就有山东、河北、河南、辽宁等，少则几十亿，多则上百亿；有特殊党费，如北川七一中学就是这样援建的；有社会各方面，如红十字会、香港、澳门等；还有四川省内，有4个市在不富裕的情况下拿出了几千万；还有农民自己想办法，每户贷款几万元等；当然还有党组织和精神方面的援助……一方有难，八方支援。人与人之间的心是相通的，那是一种无形的力量。

四川地震灾区，北川是唯一异地重建的县城，离开地震带，只有那块儿地方开阔，再无大片平地。各种条件都好，只是到县城办事远点儿。

重建后还有很重的工作，道路改变了，产业结构、生活结构都要随之改变。北川人以前靠山吃山，有采药、林业、牧业、矿业，今后要靠旅游、手工业。每家的房子都盖成两三层小楼，可以搞餐饮、住宿接待。村民也可以到工业园区里工作。农耕、林业只占很少一部分。

新县城社区化、文化设施现代化了，今后如何使用、管理，配套措施如何跟上，学校的教师、医院的医护人员，会不会用那些电子设备；今后的管理成本上升了，绿地、电灯谁来支付，经费从何而出；政府面对新的资源，水、电、通讯等如何使用好；长于牛、羊、林业方面管理的干部，今后面对着旅游、服务业，如何实现转变？一系列的变化都是重建后的新课题，需要继续解决。

灾后北川

左代富曾是新闻人物。"5·12"傍晚最先赶到北川。余震肆虐，山体滑坡，路震坏了，车不能走，人也走不过去，有的路段只能爬。旧县城一片瓦砾，他与北川县领导立即在广场召开干部大会、群众大会，着手安排转移群众，救治伤员。13日凌晨2时，没有电，在手电筒微弱的灯光下，左代富在前线指挥部召开紧急会议。5时，左代富等领导与北川两名干部来到北川县城中心，实地查看灾情，奔走在碎石瓦砾间，废墟随时可能再次垮塌。在曲山小学附近，左代富组织北川幸存下来的党员干部救援，在瓦砾中，他们发现了一名幸存者。一支专业救援分队也赶到现场。左代富等配合营救人员，把周围的石头、砖头一块一块用手搬开，共同努力，把被埋人员从死神手里夺了回来……连续8天，左代富最后倒在地上，在病床上输着液，还在指挥救灾抢险。身在其位，责无旁贷。

汶川地震牵动着全国人民的心，北川中学更为世人关注，指挥长还要解答社会关心的各种各样的问题，给出一个明确的说法……

身处这样的特殊位置，闲话要听，曲解要受。地震后，北川下起了大雨，300多毫米，建起的木板房冲塌了，所有的人都很着急，没到过这里的人急得质问：为什么不把木板房建在平地？殊不知，在北川这个如刀砍斧剁一样的地方，哪儿还有建房之地呀！擂鼓镇猫儿石村受灾最重，71户震坏了69户。后重建成吉娜羌寨，经费超出了预想。有人质问：为什么花那么多钱？谁能想到，吉娜羌寨所在的山坡是喀斯特地貌，地下是空洞，要盖房先要填洞。外人谁知！

要承担各种压力。温家宝总理刚震过就要来北川。知道消息后，左代富急了，首长千万不能来，太危险，随时都可能有余震和滑坡，出了问题谁也负不起责任。谁又能拦得住总理呢！车队来时，果然遇到滑坡，砸到了前头的车，多危险……

回首往事，许多经历过北川现场的干部感同身受，已经过去两年多，如同昨日，惨烈的现场、无形的压力，一位北川人大副主任，五十多岁的人了，立刻泣不成声，仿佛是个孩子，从没倾诉过一肚子的苦衷，看着让人心动。

第一辑 众生

北川的日日夜夜，身在其中，全身心扑在抗震救灾上，多大的压力、困难也不觉得，从一线回来后，压得紧紧的精神一放松，反而要崩溃了。左代富眼前总闪现出压在楼板下还在求救的一双双手，耳畔时时回响着各种呼唤的声音，想起死伤遇难的群众，想起残缺的家庭，便热泪盈眶，吃不下，睡不着，走路无底气，总也摆脱不了这种状态。他时常出现幻觉，也许死了才会完全解脱，有时开着车在想，如果直接开到河里去，一定会很舒服。清醒过来，又告诫自己，千万不能出现问题，你不是个人，代表着政府形象。之后的一段时间里他再不敢自驾了。

同行的四川作协周主任地震后来过北川，述说当时的现场惨不忍睹，虽只有两天，回去后，好几天不想吃东西。还有人说半年之后来到北川，空气里还迷漫着死人的气味。

真不知左代富们在第一时间看到现场的感觉，不能想象他如何在现场指挥了那一场触目惊心的战斗，更不能想象他如何度过的一个个不眠之夜。

党在群众中

左代富是诗人，兼任绵阳市文联主席，诗作在《人民日报》等报刊上发表，出版过诗集，有诗：《琐窗寒·环卫工人》、《鹊桥仙·交警》……其中《虞美人·出租车司机》："来来去去无穷道，载客知多少？月出走到日残时，倦眼途中掠影看人迟。饥渴冷暖寻常事，只为人相聚。一生不论几车程，总是一车缘分一车情。"真有古典诗词的范儿。内容上有人评论：平民化。

抗震救灾，国家受到极大损失，村民付出极大代价，解放军官兵和社会各方面作出极大贡献，广大的干部群众也作出极大的努力。地震中，北川的干部五分之一遇难。幸存下来的也是家家都有罹难者。北川的干部没顾自家，而是就地援救。每个人都忍受着巨大的痛苦，做着援救工作，他们把援救的人当成自家亲人。

左代富赶到北川后四处指挥救灾，跟随的干部刚离开工作岗位，即刻转入救人，手脚磨破，衣衫狼狈，赤手空拳，形同逃难，一直忙到深夜，还没吃上饭，谁都身无分文。左代富一摸兜儿，幸好有钱，在路边求人做了点儿饭，算是让随行的干部充了饥。

前线指挥部只有几十平方米大，所有的人挤在一起工作、生活，最初，无食、无冷热水、无床铺，连厕所也没有，条件之艰苦，难以想象。而这些干部沉默无言，坚守在岗位上：物资分配、遗体处理、卫生防疫、受灾群众安置……每一项任务都极其繁重，而一切又都在有条不紊地进行。

连续战斗，撑不住的就在地上躺一会儿，爬起来就是工作。两名年轻女干部也在其中，尽管还是姑娘，没任何特殊。白天人如走马灯，晚上人少了，夜也静下来，空气中迷漫着死人的味道儿，两个女干部睡不着，想起家人和惨烈的现状，止不住哭，泪水不自觉地冒，劝不住，连着几天睡不着，白天还依旧工作，依旧到现场参加救灾。

抗震救灾款下来了，中央发给灾民基本生活费，每人每天 4 元钱一斤粮。那时道路不通，网络又坏，根本无法存取款。如何尽快发到群众手里？北川的干部职工背着钱粮，走了多少里山路，挨家挨户，把党中央的温暖送到灾区群众手中。巨大的数额，没差一斤，没少一分。

邻里间的援助也让人感动。震后两天，没吃没喝，余生的村民默默地把粮食做熟放在自家门口，路过的人吃拿自取，真如一家。大灾之中，死难者都如自家亲人，谁都愿意多伸一把手去抚慰心灵。一切都在无言中，情景感人。

之后，来自祖国各地的救灾物品来了，各路人马也到了，没有仓库、没有停车场，不大的川里到处是人与车，到处堆放着饮食与救灾物品。那些日子，这里的群众没抢劫、没偷盗、没发国难财的，秩序井然。

老北川居民还住在临时建的板房，听说要建地震博物馆，让人们永远记住这次巨大的灾难时，毫不犹豫地捐出自家的物品。这一切真让人感动。

多好的人民！

在地震各类纷繁复杂的工作中，现场总指挥深深记住了这些细节，这些让他最感欣慰，也让他最为感动。他感觉到了人间的真爱、群众的可爱与伟大。一个人是块铁也打不了几个钉。大难当头，干部、群众的品德最为高尚。领导没在党员在，群众是真正的英雄。

他的心颤抖了，发自肺腑地说出：党在哪里？党就在群众中！

"双癌少校"

河北省保定市江城乡有一个特别的院落，里面亭台楼阁、鱼池曲廊，葡萄藤爬满走廊，留下片片绿荫。乍看以为是疗养院，其实，它是刚刚成立的保定市济仁白血病专科医院。名誉院长便是被称为"双癌少校"的隋继国。这位39岁的病休干部在生命随时都可能终止的时候仍在追寻着自身价值。长期做化疗和四处奔波，使他过早地衰老，花白而稀疏的头发，分明已是一位六十多岁的老人，只是从那两道浓眉下面一双大大的眼睛里还能看到一股英气。

7年前，隋继国还是某部队驻河北保定的一名风华正茂的年轻少校。他站在解放军体育学院的讲台上滔滔不绝地讲课时，突然癫痫病发作，晕倒在讲台上。不久，医院便诊断出了"右颞脑质细胞瘤"。1996年做了开颅手术。

祸不单行。病魔又一次降临。1998年，他腿上出现了紫癜。辗转检查，经解放军301医院确诊，他又患了"慢性粒细胞白血病"，也就是血癌，缓解期4年，要根治只有骨髓移植。与他骨髓配型成功几率最大的是亲属，四个哥哥做过化验，结果都失败了。要想在非血缘人群中找到合适的配型，需要有10万人以上的骨髓基因信息资料才有可能，而我国登记捐献骨髓的人只有2万人。

大海捞针。

一位刚过而立之年，且经受过老山战火洗礼的军官消沉了，精神几近崩溃的边缘。

……

一个偶然，他看到刚上小学的女儿写了一篇习作，题目是《我的爸爸》，这引起他的注意。里面写道："我有一个好爸爸，他有一双明亮的眼睛和浓黑的眉毛，就是胡子 zhā 人。我特别喜欢爸爸给我讲故事，特别逗乐，从中我学到了很多知识。他是一个军人，还上前线打过 zhàng，fù 过伤，还立过功，光军功章就有好几个，他是一个 jiān qiáng 的人，他的脑子动过手术，现在又听说得了白血病，可从来没见过他哭过喊疼，整天乐 hē hē 的。"

隋继国震惊了："我在女儿心中仍然是'最最坚强的军官爸爸'！"他感到体内军人的血液沸腾了。

不能这样下去。生命虽然不长了，但要让这有限的生命发挥出最大的价值。一个人的生命不算什么，要让每年都在增加的三四万名白血病患者，尽早找到适合的骨髓，过上跟正常人一样的生活。

人最宝贵的是生命，而更宝贵的是能用自己的生命换取更多人的生命。对中国白血病患者来说，建立白血病生命保障机制已迫在眉睫。要建立一个 10 万人以上的中国造血干细胞捐献者资料库，也就是中华骨髓库，供患者寻求适合的配型。

久病成医。他对于捐献骨髓的知识了解得越来越多。目前最需要的就是要使更多的人知道捐献骨髓的过程和意义；要让人们知道，捐献骨髓对自己没有坏处，对别人是救命的事，这是人道主义的行动。传播知识，改变观念，这里面有大量的宣传工作要做。

隋继国想起了在医院里那众多的白血病患者，有的小到与自己女儿年纪相仿。在计划生育的国策下，没有兄弟姐妹的他们到哪儿去寻找可以移植的骨髓？他决定骑自行车行遍中华大地，呼吁建立中华骨髓库。

行动计划开始了。

他找来了大量的宣传资料。战友们为他捐献了 2800 元钱。

母亲对身患重疾的儿子独自外出很不放心，又拗不过他的军人性格，看他在家里整天闷闷不乐，也爱莫能助。

他知道此去凶多吉少，没跟妻子商量，却给她留下了遗书："……身体器官有用者，如角膜、肾脏等无偿捐献，能捐家贫者最佳。遗体供解剖，骨灰不留，能撒江海则谢之。不管自身一生长短，何时瞑目均坦然。"

2000年元旦，穿着绿军衣的隋继国来到了天安门广场。他目送着鲜艳的五星红旗冉冉升起，然后脚下用力，踏着一辆半旧的"28"永久自行车出发了。他随身携带着印有骨髓库标志的小白旗和白血病宣传资料，经行京、津、鲁、苏、沪、浙、闽、粤、琼、桂、云、贵、渝、川、陕、晋、冀，到东北三省，然后再走皖、赣、湘、鄂、豫返回，历时一年，先后跨越25个省市，走遍200个城市，行程2400多公里进行白血病的义务宣传。特殊的装束吸引众多的路人，他在街头向人们分发白血病的宣传材料。每到一地，他就与当地有关部门联系，到医院探望白血病友，到大专院校宣传骨髓捐献的知识。

在漫漫征程中，最让隋继国难忘的情景发生在山东。一个白血病患者用打着点滴的手在隋继国的本子上写下了这么一句话："为了同病相怜的人，保重你自己。"十多天后，隋继国再打去电话时，这个病人已经不在人世……隋继国的心情焦急。因为离医生宣判他生命终结的日子已经不多了，而他还有太多的路程要走。

行程中，他风餐露宿，吃的是最便宜的盒饭、包子，住的是十块八块一晚的路边小店。这一路下来，从大雪寒风到骄阳似火，个中辛苦一言难尽。由于还伴有癫痫病，路上不时出现险情，有时候骑着自行车，他觉得头不对劲儿，就赶紧下车就地躺下。死亡曾数度光临，可他早有准备："发现这个证件的朋友，如果我已经死亡，请通知我家里或找我爱人，电话：×××××，谢谢！"他把这个纸条放在随身带着的退伍军官证里。

此行，隋继国积累了大量的经验，也增强了信心。

2001年4月1日，正好是星期天，早上7点，在北京中华世纪坛，众多人簇拥着一个人，他穿着一身绿军衣，衣服后背是一个大大的红心，他还背着一个大背包，里面装着他的日常用品，还有宣传有关白血病知识、捐献骨髓这方面的资料。此人又是隋继国。送行的人群里有他的朋友、战友，也有媒体记者。他要徒步走到香港，行程 2500 公里……6 月 30 日，他到达了深圳的罗湖口岸。由于手续比较麻烦，这里成了终点。欢迎仪式，场面感人。香港来了 20 多位记者。著名歌星爱心大使黄格选先生也到场了。他们拥抱在一起，热泪盈眶。很多的香港市民主动掏出钱塞给隋继国。后来在深圳、广东红十字会的帮助下，他又成功地搞了几次大型募捐活动。

最让隋继国得意的是 2002 年 6 月 9 日，在河北大学搞的"生命不能等待"大型捐献骨髓仪式。河北红十字会副秘书长王建民，著名相声演员姜昆携全家，著名豫剧表演艺术家小香玉等出席了活动。那天，大雨倾盆，而同学们的热血却在沸腾，都被隋继国的事迹所感动，500 多名志愿者要求捐献骨髓。但每位的 HLA 分型检验费在 500 元。隋继国作为佳宾一直在现场。他当即把卖书所得的 3000 元捐献给了 6 名发起者。后来这一活动得到了社会上 10 万元的赞助，才使 200 名志愿者得以捐献。数量虽不多，但意义不小，它标志着中国造血干细胞捐献者资料库河北省分库建立起来了。

三次活动是他心目中的"三大战役"。他很自豪。

骑车出行，不仅在做宣传，他还把自己的感受随时记录下来。一年多的时间，他写下了两大本日记。写日记的初衷是想在他"走"后留给女儿，好让女儿知道他是怎样面对死亡的。这些经历和感受凝成了《挑战死亡——白血红心走天涯》一书。这是他白血红心走中华的体验，也是他 6 年来与病魔抗争的历程。隋继国在《挑战死亡》一书中这样写道：我憧憬着白血病能像感冒常见病一样简单易治，我更期盼着 10 万人以上的骨髓库早日呈现在我的面前。

2001 年 3 月 31 号，那天是个星期六，北京图书大厦举办了新书《挑战死亡》的签名仪式。那本书在三楼和陆幼青的那本《生命的留言》放在同一个书架上。

第二天就要步行香港了，隋继国的行囊中又多了一本书。他风趣地说：毛主席说要在战争中学会战争。我要在商战中学会商战。我要把我的书带到广东深圳义卖，义卖有一半的差价，我把这一半的钱捐出去不是正好吗？结果他在广州试了一下效果还不错，卖了400本书，赚了将近4000块钱。到深圳，三个小时只卖了70本书，但卖了100本书的钱，好多人听说是义卖，干脆不讲价，有的拿100块钱或50块钱买一本书。他没想到这本书还能卖到上百块钱。

连续治病，有不少药是自费，隋继国负了几万元的债。但他把这次步行途中卖书所得款，总共一万多元都捐给了中国红十字总会，自己一分没留。

隋继国不是外星人。他有七情六欲。每次出行心情都很沉重，都是一次痛苦的抉择。上有老，下有小。最舍不得的是母亲，最放不下的是孩子。每次出行体力消耗很大，很累，但更累的是为情所累。亲情友情，难以割舍。想的是家里，花费最大的是电话费和邮资。

80岁的老母非常不愿意儿子出行，但舍不得又有啥办法呢？他身体有病，不能再增加精神压力，不让他走也得让他走。步行香港，母亲在他的军衣后绣了一个大大的红心。

隋继国说，他是背着母亲的心在走。

小女是他生命的支撑，这是他一生的骄傲。路上，他经常想起女儿；想起那张与自己一样长着浓眉大眼的笑脸；想起在她一年级时"狠心"让她独自上公共汽车，又不放心，打"的"在后面追随的情景；想起在她三年级时，多次带她骑自行车几十公里，去爬狼牙山。女儿果然坚强，在2000年10月，做了阑尾手术，大夫讲，她一点也没哭，还乐呵呵的。真是好女儿。他想，这一生不会留下什么物质财产，那就留给她一笔精神财富吧！让她知道爸爸曾经战胜了常人都难以克服的困难……一路上，他看见了美丽的蝴蝶就想起了美丽女儿。他捉住，做成标本，寄给女儿。今年，六年级的女儿已经能够独自坐火车去秦皇岛了。等到2003年，他还想带她一起徒步远行，进行野外生存训练。

妻子是他心中永远的痛。她反对他的做法，觉得这是在为个人捞名声。步行香港前，妻子也只是默默地为他收拾行囊。她也是个坚强的人，在一家医学院里教书。两人间有亲情更有怨气。为人媳、为人母，自有艰辛，如果丈夫能用最后的时间来陪陪她，心中也是个安慰。偏偏他是这样一个不顾家的人，满世界跑着张罗别人的事。她埋怨隋继国到处做好人，哄得老老少少都说他好，就是不在家哄自己的老婆。别人认为是高尚，她却认定是自私。换个人，或许会跟他分手，难得她还坚持着。

　　她冲隋继国说："亲人说你不好，你那些好还不是假的？"

　　隋继国自我解嘲说："咱俩都是属兔的，可不适合在一个窝里。你是家兔，我是野兔。"

　　李政道在了解到隋继国的情况后深受感动，主动提出要为他寻找可以配型的骨髓，但被他谢绝了，因为他不想把这次"生命之旅"变成为自己争取活命的私事儿。他出行的目的一是为锻炼身体，二是为节省经费，三是磨练意志。他给自己制定了三个原则：一不游山玩水，二不接受捐赠，三不搞商业炒作。

　　治疗白血病，骨髓移植是最有效的办法。隋继国并不想放弃自己的生命，有一丝生存的希望当然要争取。比如说四个哥哥都查过，但没配上。有人说我国台湾的骨髓库比较完善。但他想，台湾都能搞起来，大陆为什么不能搞起来？应该可以搞得更好！目前的现状是因为有宣传、组织、经费各方面的原因，所以他才把自己定位成一个马前卒。

　　现在人们对骨髓移植，有认识上的误区，比如说有很多人认为捐骨髓像献血一样，抽出来存在那儿，实际上不是，而是先进行人体白细胞抗原HLA 的分型检测，然后将结果存入中华骨髓库；还比如说抽骨髓伤不伤身体？现在好多医院做外周造血干细胞，不用抽骨髓，直接抽血液，差不多相当于献一次血。诸如此类，不说不明，既是科普宣传也是爱心宣传。现身说法，更容易引起社会的关注、人们的支持。社会进步到现在，骨髓库这样的社会保障机制达不到一定的水平就太不相称了。他想为此再做点事情。

他现在正创造着奇迹：血癌的缓解期已是第四个年头了；原来的脑质细胞瘤在去年 10 月又复发，瘤子像树根，长得很深，达到了三四级，这种细胞瘤最高就是四级，手术没有办法根除干净。时间对于他来说是一种意志与病魔抗争的持续。而此时的隋继国别无他想，最大愿望是在瞑目前看到一个理想的生命保障机制。他说，我越来越清楚自己行动的意义，感到的是一种使命。如果我还有时间，就一直坚持做宣传，发出光和热。

活地图

刘仁军揣着三百块闯进了京城。他要在这里找到用武之地。

此人有何所长，想在人才聚集之地"动武"？

论身材，不高；论力气，不大；论智商，并不超人；说话，直言快语；一个极普通的小伙子。唯一不同的是他包里揣着由上海大世界吉尼斯总部颁发的证书，上面写着：

　　记忆地名之最

　　数量8856个

刘仁军（江苏·南京）2000年3月14日在南师大地科院背诵完成，所用时间3小时45分钟。NO.00931。

这是他断断续续花了近五年弄来的成果。他想在这枯燥无味、少有人迹的领域里有所作为。

有过目不忘的异人，他不是，全靠时间的积累和超出常人的毅力。记地名不是一件容易的事，不单要背，还有许多之外的问题，比如中国市县名称中普通话的读音、生僻的字、地方读音，这里面也有学问。生僻的字可以查字典，而地方读音就麻烦了，光看字面，肯定出问题。如大家熟悉的"乐山"、"乐亭"、"乐清"，三个地名，全发一个音就大错了，要发三个音（勒、涝、悦）才行；河南有个荥（形）阳，而到了四川就成了荥（营）经；至于江西铅（盐）山、福建的闽侯（候）、浙江的台（胎）州……语音的差异很大，没别的办法，只能一个字一个字地核对。外国地名在翻译上的差异也不小，比如美国的圣弗朗西斯科有把"朗"译为"兰"的；冰岛的阿克雷里中的"克"有译为"库"的；西班牙的拉科鲁尼亚中的有"亚"译为"阿"的等等。这些地名在地图上都要规范统一。为此，刘仁军记了许多笔记。

一个城市人，记这些笔记不算什么，每周去两次图书馆，用上一段时间就能解决。而刘仁军是南京郊区的一个农家孩子，家离南京市有 80 里地。他只能骑自行车一个月去一次南京，周六一早走，周日晚上回来。白天，在图书馆或是新华书店查资料；夜里，就随便在车站、桥下睡一宿。

这样做的归宿是什么，最初他也不知道。还是在他上小学四年级的时候，学校有了地理课。当时，他的表哥在南通上中专。南通在哪里引起了他的好奇，是在长江北还是南？他怀着极大的兴趣在地图上寻找着，费了好长时间才查到。他想，一个南通就要查这么长的时间，要是再想查多个地方时间就会更长。于是，他开始努力学习地理。每次考试，地理成绩都是班里第一。由于过于偏科，到了初中，他的总分排在了班里十几名；读职高，他的总成绩下降到了二十几名。他觉得这样下去，不会有什么出路。

他离开了学校，开始实施自己盘算已久的计划，专攻地理。买来了地图，把整张的地图按省份和国家剪开，做成拼图，然后一个一个确认，熟悉到一看地图形状就知道是哪省哪国。

他整天在家里摆弄地图，引起了同村人的笑话：不务正业；真是神经病的话语就传开了。甚至有人说：哼，他要是有出息，太阳从西边出来。家里人也极为不满，快 18 岁的大小伙子了，不去外边学个木匠瓦匠手艺挣钱，成天干这种无聊的事，一气之下，父母把他抄写的一些资料烧掉了。在这样的环境下，他把中国的大城市、各县的名称以及世界各国重要城镇及全球主要地名全背了下来。

环境的压力越来越大。他知道不能再待在家里了，要实现梦想必须改变环境。1997 年，正是 18 岁的他对家里人说，不在家里吃闲饭了，决定外出打工。他跟着村里的民工走上了建筑工地，做起了建筑工人。建筑活很累，挖沟搬砖和泥砌墙绑钢筋粉刷墙壁什么都干，手也变得又大又厚。但背地名并没停，每天晚上 6 点下班，吃过饭，别人开始玩牌子、下棋，他却拿着两本地图册去找灯光和僻静的地方，一直到夜里 11 点。他不敢再晚，第二天还要干体力活。

一块干活的人对他说，你弄这些东西想干什么，出于什么目的？他回答，我想在这方面搞出点名堂，认准的路绝不后悔。他不管别人怎么说，依然我行我素。每到天气不好休工，或是暂时没活停工，他就到城里的图书馆或是新华书店去查找资料，经常是一瓶水加几个烧饼度过一整天。

到 1998 年，他已经能背下 5200 多个地名了。就在这一年将要过去的时候，他忽然在《扬子晚报》上看到了一篇报道：江苏省淮安市有个叫张元鼎的人用了 3 小时 50 分钟背下了 4810 个中外地名，取得了上海大世界吉尼斯总部的证书。这一消息对他震动非常大，懊悔自己见识少，怎么就不知上海还有这么个组织。

他加速了。把地名重新归类：中国所有的城市、县城，共有 2300 多个；各国的首都（首府）共有 220 多个；外国城市常驻人口在 5 万以上的共有 4300 个左右；重要小城镇（人口 1 至 5 万之间）共有 1200 多个；自然地名包括主要河流、湖泊、山峰、岛屿等共有 1000 个左右；中外风景名胜区 200 个左右。这样，直到 1999 年 10 月，他已经能背下总共 9000 多个地名，另外还了解了很多知识：如主要城市常驻人口、名胜古迹、土特产品、交通状况并兼及一些历史文化情况。

他认为这已经是中外地名的极限了。再往下就是乡镇，我国光是建制镇就有两万个左右，但重名太多，仅城关镇就能有一大撮，以山西忻州、临汾、运城三市所辖为最，实在没有意义。于是他打通了上海吉尼斯总部的电话，说能背下 9000 多个中外地名怎么申报？电话里告诉他，只要有一份当地公证处认证，你用了多少时间背下多少地名及背诵地点，然后拿着录音磁带和公证书到这里来，经审核就可以发你证书了。

2000 年春节刚一过，刘仁军就来到了南京师大地科院找到院长，说明来意。院长派了几名老师和学生一起监考。3 月 14 日下午 2 时，他开始了长达 225 分钟的背诵。为了确保真实性，录音不能停，语音也不能断，要一气呵成。

一切准备做好，他开口了，按照顺序先从我国的东三省开始，接下来是黄河中下游五省一市、长江中下游六省一市、南部沿海三省一区（港澳台另计）、西南三省一市、青藏地区、新疆、北部内陆一省二区，按顺时针方向转了一个圈，然后转向世界，先从亚洲的东亚、东南亚、南亚、西亚、中亚，到欧洲的东欧（外加俄罗斯亚洲部分）、北欧、西欧、中欧、南欧，折向非洲的北非、西非、中非、东非、南非，向东到大洋洲的澳大利亚、新西兰及南太平洋岛国，再到北美的美、加、墨、中美七国、西印度群岛，最后是南美洲各国。城镇背完了紧接着是全球主要的自然地名……直背得天昏地暗，上下嘴唇粘到了一起。监考人员轮流进出方便，他却不能离开一步。直到监考人员划出了 1800 多个正字，考试才算结束。他共背出了 9100 多个地名。经过两天的核准，去掉一些口误及错误，总共8856 个地名。

又经过两天认证，他从公证处拿到公证书的当天晚上，便坐上了去上海的火车。次日清晨，他把全部材料送到了上海大世界吉尼斯总部。

5 月 20 日，他终于取得了地名记忆数量方面的吉尼斯世界之最证书，为此也花去了两年打工的积蓄。当时，他的心情非常高兴。思考了几天，他坐上了去北京的火车……

这几年，他用过了五六套地图册，凡是错误便用红笔圈划出来。打开一本最新的《世界地图册》，那是某出版社出版发行的，2001 年 5 月第二版里面却有着百处以上的错误。几乎到了每页都有的地步。最多的是第 4页，这是中华人民共和国全图，错误多达 20 处。不说国内，连周边邻国的地名也错误频频，比如人们非常熟悉的日本的"札幌"竟印成了"扎幌"；伊朗阿富汗一图中：喀布尔南部的两个城市都成了加德兹，应该一个是加德兹，一个是加兹尼。另一本同时出版的《中国地图册》上也有五六十处错误之多。他就是想在这种工具书中当一剂"杀虫药"。

他最先找到的是地图出版社。人事处的回答是不缺人，没学历。

他又找到民政部。那里推荐他不妨到地名研究所去一试。民政部地名研究所组织人员对他进行考试。题目不多，一是中国主要的山脉与河流；一是中国历史朝代变更表。但每道题答起来都要用十几分钟的时间。比如山脉与河流，他按照中国西高东低的三个阶梯，把不低于1000米的山及不短于500公里的河流（只有黄浦江特殊）全部背诵下来。人才济济的国家级研究所破格录用了这个初中毕业生，聘他为校对员。

由于几年来每天背诵地名，他发现了不少地名存在着问题。在行政划分上，海南省的海口市与琼山市离得太近，经常闹矛盾。现在想合二为一，但一个是省会城市，一个是省直辖的县级市，一个级别高，一个历史久，很难统一。有的在起名上很容易造成混淆，比如安徽有黄山、黄山市、黄山区，外地人难以辨别。有的地名历史与现在并不一样，如李白的"千里江陵一日还"诗中所说的那个江陵，并非是现湖北的江陵县，而是现在的荆州市荆州区。还有市县同名的问题，如河南开封市、许昌市，它的周围还有一个同名的县。这很容易出现误解。

这些都是在背诵之余所取得的收获。其实他还有更大的乐趣在其中。与人聊天，他能把你想知道的任何地方说得一清二楚，布达拉宫如何雄伟壮丽，悉尼如何令人神往，威尼斯如何风光秀丽，卢浮宫如何金碧辉煌。至于各国的铁路、交通、特产全都装在他的胸中。他说去过世界的某地，没有人会怀疑。最让他引以为自豪的是任你是个旅行家，走遍天涯海角，也没逃出"如来佛"的手心。

谈起地理，他自然会有一种高屋建瓴的气势：如果把黑龙江的黑河与云南的腾冲县划一条线，就会发现这是中国人口的分界线，以东有12亿，以西近1亿；经济发展也是如此。中国最大的县是新疆的若羌，最小的县是山东的长岛县；人口最多的县级市是广东的朝阳市，人口最少县是西藏的札达县。这些都在他的股掌之中。

还有一些有意思的地名，名字正好相反，怀仁——仁怀，曲阳——阳曲，昌平——平昌，江浦——浦江，开封——封开，西安——安西……

现在刘仁军的地名记忆数量为9300多个。他最近知道了那个叫张元鼎的人也背出了8600多个地名。他知道在数量上相差无几。水平的高低看来要在综合能力上。他很想与对手狭路相逢，一决高低。

无愧检察官

极窄的巷道。

窄到刚能爬过一个人。

赵文成靠着头上的那顶矿灯开路努力前行。他与矿工不同，身上还多了两件东西：照相机，录像机。这是他"吃饭"的家伙。他离不开它们。

眼见为实。靠着它们，就能拿出最有力的证据，让犯罪分子难逃法网。

有人劝过他，这小煤窑太危险，能不下去就别下去了。而他也清楚地知道，领导有过指示，在危险的情况下，可以不下去。但赵文成的心中有个标准，只要有可能就一定要下去。否则，拿不到第一手的证据，就愧对这身检察员的衣服，愧对培养他的检察院，更愧对那颗圆圆的国徽。

要说不下去，哪个小煤窑都能找到充足的借口。哪个小煤窑没有危险呢！没危险就不会出现人命关天的事故。房山历来是产煤的地方。煤是这里的经济支柱之一。正是如此，才使一些人看到了它的利益所在，不顾一切地挖煤。按标准，巷道的空头不能过宽，而现场看到的都超过标准很多，甚至有的干脆就不进行支护，全部是裸巷，最大的空顶，你就是打着手电也照不到顶，没有保护措施。顶上的煤末煤块不时地落下来，砸在头上。这在黑黢黢的巷道，确实让人心里发怵。胆子再大的人也会心虚，因为曾经发生过这样的事情：前脚有人进去，后脚就出现了塌方，把调查人员封在了里面。若不是及时的抢救，里面的人肯定不会活着出来。

房山的小煤窑成百上千，塌方的事故时有发生。每年，赵文成都要到这样的小煤窑来上几十次，最多能有百十次。煤窑里面什么情况都会出现，地形也是多种多样。那次走的是一道 400 多米长的斜坡，极为光滑，走在上面犹如踩在冰面上，拄着根木棍还要打滑。窑里又黑，身上还背着两件"家伙"，只能小步慢挪。腿较劲，走了一半就开始发疼。再小心还是出了差，一脚踩在煤溜子上，身子一歪，怕摔了"机器"，用手一撑，一下倒在地上。手被煤划开了一个大口子，煤沫深深嵌在肉里，至今还留着一条黑印。

就是这样，他在巷道里测位置，画图，现场拍照，让犯罪分子难逃法网。

在没有光亮的地方拍照，不是一件容易的事。光圈大小、速度快慢、距离远近，都会影响成像的质量。照片不实就会影响侦查质量、提起公诉和审判。而赵文成即使是在条件最不好的时候，也能拍出清晰的照片。他有一身过硬的技术。

巧得很，他当过航空兵，专门负责飞机的照相设备，对照相非常熟悉。但这里面又有不少的故事。

1978 年，初中毕业后他就参军来到了南方。

地勤。

责任重大，必须保证飞机照相设备一切正常。一有故障，哪怕是蛛丝马迹，也要知道是哪里出了问题。

面对密密麻麻的线路图，遇到的最大障碍就是文化知识的不足。在那个读书无用的年代，谁比谁能多学点文化知识呢！好在是农民的孩子，吃得了苦。死记。一个故障一个故障地背解决办法，一点点积累经验。时间不够，就用晚上的时间；晚上的时间不够，就用睡觉的时间。趴在被窝里，打着手电，又不敢让指导员看见，就把被子捂得严严的。南方的地方又热，屋里没有电扇，常常是一身大汗。当时的训练又紧张，经常"飞拂晓"。飞行员两三点钟起，地勤则要一二点钟起，维修设备。这样，赵文成一天睡不了三四个小时。

就是这样，赵文成楞是熟练地掌握了航拍故障的排除，保证了飞机航拍的正常工作。1979 年的反击战，赵文成也到了前线。他维护的飞机几次侦察，照相设备性能良好，得到了上级的嘉奖。

几年的艰辛、几年的汗水，使他在技术上、业务知识上，领先了许多。1981 年，赵文成被免于考试提了干，以后逐级提升到了副营级干部，专业技术少校军衔。

转业前的两年，上级看他年龄比较大，人又实在，就给他安排了一个职务——承包食堂。这是一个老大难的包袱。食堂连年亏损。赵文成也没提什么要求，默默地上任了。经过细心了解，主要是管理不善造成的。找准了病根，加大了管理力度，一年下来，不仅扭亏，而且为盈。这真使首长大吃一惊。原来军营里面还有个善于管理的人才。1992 年，部队为他荣立了三等功。这在部队临转业的人员中是少有的事。

带着照相的手艺，赵文成来到了北京市房山区检察院技术室，专门负责技术鉴定。四年过去了，他觉得不是滋味：身在司法部门，怎能只会照相，于是报名参加了市委党校办的法律专业大专班。几年的学习，没请过假。这对于又当爸爸又当丈夫的人来说不容易。谁家没个大事小情。爱人身体不好，孩子又小，生活上，他要操很多的心……

耕耘——收获。1999 年的全国初任检察员考试，他顺利过关。随之，他被提升为助理检察员。2000 年的 9 月，他又被提升为检察员。

从一名书记员，升到了检察员，以公诉人的身份出现在法庭上。他知道肩上的责任有多重。在审判大庭里，他代表的是国家，代表的是人民的利益，容不得半点私情。他办案的原则是实事求是。

1999 年，他接手了一起故意伤害案。原告被打成颅内水肿，重伤。当时的证人只有一个。而在开庭的那一天，被告方一下来了 30 多人，人多势众。出于被告方的压力，证人当庭改证。怎么办？事实是明摆着的。打了人还想一分不赔，白打，天下哪有这样的道理，就是在封建社会里也不能这样做。

在没有证人的情况下，赵文成来到了事发处，亲自调查取证。最后，以有力的证据证明了被告人的故意伤害罪。法庭之上，被告方恼羞成怒，指指点点，公然辱骂赵文成，说他受了原告多少贿赂；吃得满嘴流油；找死……赵文成默默地忍了。他代表的不是个人。

休庭后，在法庭门口，他们依仗着人多势重，把刚刚走出法庭的赵文成围了起来，漫骂、污辱、恫吓，并以他妻子、孩子的死相威胁。

身材不高、一向寡言的赵文成，此时不知哪来的力量，把自行车往地上一支，凛然站立在那些人面前，掷地有声地说，我一支烟也没抽。若论亲近，咱们是一个乡的。但在法庭上，我代表的是国家，谁也不偏不向。再者说，做事要对得起良心。你们要是没罪，难道是原告自己打自己打得开了颅。你们怎么着，还想打死我，要怕死早就不干这一行了。

浩然之气，把那些人镇吓住了。

赵文成不吃硬的，可并不是铁石心肠。

情与法本身就是一对矛盾。有情无法不行；有法无情也不成。在这上面，赵文成心中有一套准则：法律是前提，在法律之上再讲情是可以的。因为我国法律制裁既讲法律效果，更注重社会效果。

他接手过一个偷盗案。一名 18 岁的广东学生在这里上了个民办大学。为了学习，先是买了个显示屏。之后，看上了自己老师的主机，于是在没人的时候搬到了自己的宿舍。

案发。

赵文成心里觉得有点不对劲，按理说，电脑主机价值 4000 元，根据法律，1000 元以上就可以立案。可这与社会上的偷盗行为有所不同：偷盗的目的是为了学习；作案人还年轻，一旦审判，就会毁了他的一生。社会上不但没多一个人才，还很有可能多的是一个坏人。

赵文成专程到学校，了解了学生的情况，并无其他劣迹，于是向检察院领导建议，应以教育为主。此建议被领导采纳：在犯罪嫌疑人认罪的前提下，免于刑事处分。

此事给这名学生及其家属极大震动。广东的老爹赶到北京房山，悄悄拿来了一个厚厚的大信封。

家里，爱人工作的小企业效益不好；生活拮据；用钱的地方还很多，但赵文成看也没看一眼说，你要放在这，案子就不办了。咱为的是孩子，不是为了钱。

人才与罪犯之间是不能用有形的东西转换的。

老人更加感激，订制了一面烫金的锦旗，上书十个大字：

身如菩提树，心似明镜台。

赵文成傻吗？不，他另有所求。

他心中装着四个字：公正执法。

作为一个检察官，他要对得起良心；对得起工作；对得起国家；对得起优秀共产党员的称号。

青山一抹红

马姐是官称，人们觉得这么称呼亲切。其实她叫马淑敏，38 岁，对人总是那么和气，仿佛不知什么是愁事。她来到落坡岭小店 11 年了。

小店是一间灰色的瓦房。门外是永（定门）木（城涧）线与丰（台）沙（城）线交汇的小站，四周是陡峭的山峰，店后的山上住着 40 多户人家。

地方偏僻，她干得尽心：订货运货买货结账盘点拳打脚踢；油盐酱醋针头线脑样样俱全；谁缺啥用啥打声招呼，她准把货备好。这里的居民、职工、旅客离不开小店，也——

离不开马姐

"马姐，我想要 80 斤猪肉。"

"大叔，三天没进肉了。"马姐边收拾着柜台边回答。

"这可咋办，儿子要结婚。"

马姐愣住了。她朝窗外望去，大雪覆盖了险峻的山峰；纷纷飘落的雪花遮掩起冻结的冰；盘山道几天不走汽车了。她又慢慢转回头。大叔那呆呆的目光正望着她，是期待，是企求。她的心融化了：增添零售肉的初衷就是方便群众，群众有难，不能推脱。

送走了大叔，她立刻冒着刺骨的寒风上了路。这里距王平村供应站有大约七里山路。当她踏着厚厚的积雪把 80 斤猪肉送到大叔家的时候，大叔握着马姐的手激动得说不出话，只是重复着四个字——

谢谢马姐

"马姐!"深夜里传来急促的喊叫声。她从睡梦中惊醒。家离小店近,晚上,村里人炒菜缺个作料常来叫她。可这么晚……

她披衣出门。是站长。"火车脱轨,抢救的师傅连续干了 5 个小时,正饿着肚子!"

她二话没说,沿着漆黑的卵石小路来到小店,把罐头、蛋糕一箱箱送到师傅们手里。他们大口大口地嚼着,开心地说:"没有马姐,在这深山里真得饿一夜肚皮了!"

回到家已凌晨 4 点了。

6 点钟,她急忙起床。货架上是空的,要把货备足。因为小店发生了变化——

马姐承包了

这可伤了脑筋:居民才 190 口人,怎么提高经济效益。她整夜盘算着……

要走出去!她主动找到附近的铁路食堂、粮店、驻军部队,为他们提供各类副食品。不怕多,不嫌少,守信誉,按时送货。她尝到了甜头。

那年家电热传到了山里。人们交口谈论,却无能为力。马姐早感觉到了。这是她多年锻炼出的敏感。马上进货,但小店资金太少,一台砸在手里也承受不了。怎么办?她很细心,先到山下供应站看准了冰箱、洗衣机的牌号,再到村里挨家挨户登记,然后托熟人用汽车拉回来,搬进家。不出门、不求人电器"飞"来啦,家家乐得合不上嘴。

小店的效益巨增,最好时全年销售曾达到 30 万元!但是惊人的消息传来——

马姐要走了

山里人向往着山外。北京市中心一家大商店准备要她去做管理工作。

多好的机会！马姐的心动了：难道山里人就永远在山里，要为孩子想想！

她躺在床上，轻抚着孩子的头，那张童稚的笑靥渐渐化作一张张熟悉、纯朴的山里人的面庞。他们向她微笑，向她伸出了依恋的双手。她清醒了：一名全国商业劳动模范、优秀党员能这样逃下山？她没有离开，也不能离开这里。

山里需要她。

兵头将尾女粮官

杨凤英暗自庆幸今大走运。好说歹说，面粉厂总算卖出一车方便面。她满心欢喜地往车上装货。突然，旁边开过来一辆汽车，司机冲她大喊，她往后一闪身，哪知背后是待修的电梯间，也没装护栏。说时迟，那时快，一个"倒栽葱"，她跌进了6米深的大坑，顿时昏死过去，不省人事……

她是何人？二道街粮店的经理。这二道街粮店历来是北京市的先进店，有着几十年的优良传统。从她1965年中专毕业迈进这个粮店起，跟师傅学的就是"巧理千家粮，温暖万人心"。那时不管春夏秋冬，刮风下雨，每月都要用手推车人推肩拉去几公里外的双花园居民区送粮，建国门外的护城河边全是土路：晴天土盈尺，雨天泥漫鞋。在老经理的言传身教下，她感受到了"为人民服务"的内涵。

买煤生火洗衣拆被买药送粮票，对杨凤英来说都是份内工作。尤其对五保户更是关心备至，不光进粮食，逢年过节还要把自己包的饺子、粽子、元宵、月饼送到家里去。那些老人也把她当成亲闺女看待。一天，80岁的王大妈到店里来看她，手里还拿着一块白纱布，里面包着瓜子、香蕉。街坊看着纳闷儿："您这是干什么？""看我闺女去，她几天没来，怪想的！"

杨凤英把心完全交给了他们。那天她刚出家门。病在床上的老父亲突然叫住了她："凤英，你能陪陪我吗？"杨凤英望着从没提过要求的老父亲，心里非常难过。她多想在家踏踏实实地待一天照顾父亲呀！但是不行，五保户崔大爷也生着病，需要照顾。她只好说："明天一定陪您！"父亲默默地点点头。谁知她一走，父亲也去了。她悲痛极了，一连几夜泪如雨注，怎能知道，这"明天"就成了终身遗憾呢！

她属于这片儿的居民，属于这个粮店。接任二道街粮店经理后，杨凤英想尽一切办法扩大营业。1985 年就做起了面包。地理位置不好，就主动出击，把货送到北京火车站。她讲究质量，面包个大馅多，批发给个体户，成了抢手货。

效益上去了，她也没忘掉方便群众：加工小杂粮。尽管又脏又累，她们还是坚持下来，受到居民和外国友人的赞扬。同时又增加了花样食品：桃酥、炸麻花、糖耳朵、葱花饼、崂山火烧 20 余种，简直像个小吃店。这"店"越来越火，现在又添了馅饼、包子、炒饼、牛肉面，真开起了小吃店。

了解她的人都说她有"工作癖"。作为经理，又是店里年岁最大的老师傅，身体不好，蛮有资格坐下来动嘴了。但她不，事事还冲在前头。90公斤的大米包，她抱起来就走，厕所下水道堵了，她捋起袖子就掏……这不，粮店的方便面脱销，要到面粉厂去拉货，她跟上车就去了……

当她睁开双眼的时候，已经躺在了医院的病床上：尾骨裂、肋骨断、肾出血，脑袋上还有一个苹果大的包。面粉厂的领导来看望她："我们施工没放标志牌，请您原谅。有什么要求尽管提……"她强忍着剧痛说："今后能够保证对二道街的供应，我就伤而无怨了！"

第一辑 众生

41

奇特的公证文书

1990 年 5 月 11 日。东城区公证处。

屋里坐着一男一女。男的 34 岁，皮肤略黑，目光中流露出憨厚。女的微胖，看上去很直爽。公证员威严端坐："工作单位？""北京八达岭皮鞋公司工人。""你们是他什么人？""街坊。""他多大年龄？""77。""身体状况？""病重。""你们现在只能办理赡养关系，能伺候得了吗？""能。"

"好，公布他的财产。"公证员严肃地说。

那男的楞住了……

还真没底，他记起了一年前的那个晚上。老人把他叫进屋里。低矮潮湿，墙的四壁黄得发黑。抗震时搭的棚子还没有拆。油腻腻的桌子上零乱地放着些葱蒜等杂物。"树茂，这腿……唉，我快不行了。这是 154 块钱的存折你先拿去。现在街上不通车，那自行车你要愿意骑就骑吧！"

刘树茂望着老人那业已麻木的腿，知道这话里的分量。老人的脾气众所周知。二十来岁便离了婚。无儿无女，孑身一人。针头线脑备个齐全，万事不求人。院里的人都敬而远之。树茂两口子知道老人一辈子不容易便格外尽心，关系日益融洽。尤其他们有了小孩，老人乐坏了，关系一下近了许多。他退休无事，买菜一定多带回点；他们两口做好的一定端过去。谁让处到那份上了呢！唉，老人这辈子可太不容易了。心地善良的刘树茂听不下去了，心里一阵难受。"韩大爷，腿脚不好就少出去，把桶放屋里，拉撒我给您倒！"他心里翻腾着，看着那哀痛的目光，不知说什么好："今后，晚上我到您这屋睡！""不行，广玲她一人哪能照顾得了孩子！""我们年轻，好说，您万一有个好歹……""那也不行！"刘树茂知道拗不过，只好不让插门，半夜好进屋看看。

没几天，老人突然病倒。刘树茂二话没说，蹬起三轮就走。跑了几家医院全都爆满。没辙，往北骑吧。直到下午1点才来到清河的一家医院。5月的下旬，天气早热起来了。刘树茂没顾得上擦汗，就直奔住院部：脑萎缩偏瘫，心肌梗塞。住院。他急忙扶老人进了病房。条件没法跟城里比。心凉了半截。他有些饿了，特意跑了一趟食堂。剩下的只是馒头炒菜，他还是看不上眼，就在这里住吗？一天到晚吃这种饭菜。这烟不出火不进的地方可是我送来的。想到这，鼻子一酸，眼泪扑簌簌掉了下来……

唉，这也是出了最大的力气。谁让赶得这么巧呢。他把老人先安排好，立刻返了家，让广玲照看好孩子，然后带上脸盆、肥皂、衣物又回到医院。换衣服、刮脸、帮助大小便……再想不出干什么了。

"你是他什么人？"护士看在眼里有些纳闷。"街坊。"医护人员受了感染：亲生儿子也少有。院里特意安排了伙食。热情的服务使刘树茂的心宽慰了。

从那以后，病重他天天去；平常他每周去。开始老人非常愉快。时间一久，心情渐渐沉重了。事情终于发生了。

一天，刘树茂正在车间干着活，突然接到医院的电话：病重，速来！刘树茂立刻赶到医院。原来老人又犯起了拧脾气：不输液、不吸氧气、对大夫的话根本不听，还咬、踹大夫。急火三四地说："我打这个憋得慌！"刘树茂费尽了口舌也还是不行。"往后你们再别来看我了，这心里不落忍！"刘树茂心里明白了：劝，没用。他意识到这病不能多虑，多想只能加重病情。他沉默了片刻，然后望着躺在病床上的老人："大爷，我跟广玲早就合计过了。咱们合着过吧。我没父亲，她没父母。合在一块不正好吗！"老人心头一震，继而投过狐疑的目光："当真？""嗯！""你家里人同意？""会同意的！""我其实早就想合户，就是怕给你们添麻烦。""您说到哪儿去了。这些年，我们没把您当外人。您也喜欢小孩，还特意买了个地桌。爷孙俩一坐，您一口酒，他一口茶多乐呀！这些天，小孩一直哭着喊着想爷爷!""是呀,我要是好好的该多好。"老人的嘴唇猛烈地哆嗦起来:"中午好给他做……"终于控制不住,"饭"字还没说出口,便失声痛哭起来,泪如泉涌。

从没见过他哭,而且这么悲伤。刘树茂再也站不住了,扑通跪在病床前:"爸——爸。"别的什么也说不下去了。眼泪沾湿了胸前的衣衫。哭声里仿佛寄托着对老人一生的同情……

刘树茂抬起了头,看着公证员,听着那单调而有节奏的声音。"旧桌子一个,旧自行车一辆,存款154元,床板……"公证员略微翘了翘嘴角,摆了摆手,示意停下,然后看着这对夫妇。刘树茂长出了口气,站起来,拿过了那份公证书,使劲按下了鲜红的手印。自信地说:

"他要真是万贯家财,我们或许还不管了呢!"

金沙滩上绿化翁

传说这里就是宋朝时的金沙滩。在这片密密麻麻的鹅卵石中，一定埋藏着许多神奇的故事。

这里又是北京的三大风口之一。冬季，凶狠的风带起粗大的砂石洗劫着一切。这里又成了灰沙滩。

在这里，在这片沙砾之上的防化指挥工程学院，我听到了一个新的故事，是关于一位老人的。听说这位年逾七旬、红光满面、性格耿直的老人，前两年曾因为一件事"顶撞"了领导。事儿说大也不大：修筑靶场，需要砍掉千余棵果树，这是保障军事教学训练的必要条件，何况各级领导都已决定了。他却大动肝火，犯起了犟脾气，脸红脖子粗地放出话："谁敢破坏绿化，国法不容！"团、师、军职领导谁劝说也不行，让人大伤脑筋。他每天到山上转几圈，别人还真没下手的机会。僵持了有一年。后来还是他想到了自己是军人，犟劲才过去，但看得出，仍耿耿于怀。天气一天比一天冷，动工只好推到开春了。

刚过春节，西北风还在猛烈地刮着，林子里便出现了六个人影。原来老人物色好一片荒地，准备把那上千株果树大规模转移！移一棵树要先挖好一个 1.2 米见方的坑，再把树挖出来。用草袋子包好，运过去。冻得结结实实的土夹杂着石子，尤如混凝土，一镐下去一个白点。虎口震木了，手冻裂了，不怕！干了近 3 个月，终于将果树迁入了新居。秋天，棵棵树结出了丰硕的果实。领导乐了，他也痛快了：果树没损失，荒地也利用上了。

67 岁那年，有人送他个绰号"牛粪霸"。他听惯了挺高兴，开始却急得够呛。果园挨近牛场。他动了心思．秋末把土、草扔进牛栏，然后慢慢起出。头春垛了 4 个粪堆。他为果树高兴。谁知几天不见，粪少了许多。原来是家属弄走种菜了。他气坏了，脸憋得通红。可气冲谁撒？都是院里的人。他找来了木头，拿起锤子狠命砸着钉子："我不霸怎么办，不霸怎能搞绿化！"牛栏密了，高了，人进不去了。于是又传出一些闲话："都离休了，还瞎蹦啥！"他倒踏实了，那张铁板似的脸上有了些许微笑。

1986 年 6 月的一天，他"失踪"了。院里要找他拍录像。可这 2800 亩的地方到哪儿寻找呢？山里的风雨叵测，眼看飘过大块大块的乌云，一时风雨大作。雨点打在窗上啪啪作响。这鬼天气他上哪儿了，莫非发生了意外？院领导命令分几路寻找，终于在学院的西山上发现了他。他已经浑身湿透了，雨水顺着头发流下来，战士们急了："赶快回去！""不行！""雨太大了！""下得正好，你们看，都'透犁'了，正好栽树！"说完，老人仰头看着天空，笑了。是啊，这个年降水量不足 400 毫米的地方多么需要水呀！"快回去给你拍录像。"战士们心痛地看着他。"今天不行，让院领导马上组织人力，抢栽种树！"

俗话说：一畦萝卜一畦菜，谁养的谁爱。什么东西养长了也有感情。况且为装点营院，变换树种，他行程万里，有时甚至是徒步跋涉，从全国十几个地方买来树苗，怎能让它们有半点差池。此时，对他来说，没有比栽树更重要的事了。战士们冒雨抢种，他寸步不离现场，边干边指挥。雨水，继而是泥水都没能动摇他的意志。战场上生死都抛在脑后，这又算什么呢！战士们被这位"泥人"深深感动了。

60 岁离休，刚刚脱下军装当上学院绿化委员会顾问，就传出他拣来一片树林的故事。这纯粹是他的福气。论技术，他是个带兵的，从 1938 年就扛枪杆；论条件，无苗、无种，地是七八十米深的沙石，传说兔子拉屎都绕道走；想搞绿化，开玩笑。他不信这一套，拿出了当年攻打孟良崮的劲儿，买了一摞书，垒起个工房就干起来。老伴、孙子，休息、娱乐，正常的离休生活全放弃了，满脑子塞的全是绿化。一次外出办事，路过一个林场。那里正间树苗。"这么好的苗子扔了多可惜!"他如获至宝,立刻掉头搬兵,叫来10个战士。树苗弱,用工具容易伤根,他们便用手,一棵棵挖出来,拉回营院,栽在西北院墙下。2000多棵杨槐树,组成了第一道防护林,春天吐着芳香;冬季站在全院的前沿,阻拦着狂烈的西北风。

如今他成了拥有15万棵树的富翁。他带我观看了藏在树林深处的120余棵珍贵的雪松、16000棵侧柏树苗,还带我看了400平方米的花房。两万盆花中,各类花卉俱全,姹紫嫣红。

盛夏之际,登高眺望全院:整齐的办公楼、宿舍楼已被一片绿海吞没了。昌平县政府已把这里作为燕平八景之一——"天峰拔翠"。1988年,总参谋长迟浩田来院视察工作,看到昔日的小戈壁成了春有绿、夏有荫、秋有果的绿洲,叹为观止,专门找到他,共叙了当年的战斗友谊,赞扬他干了一番有益子孙的业绩。

巨变,给我留下了深深的印象。身在首都,尤其冬春之际,我会时刻记起那片绿海,记起这位1986年的全国绿化劳动模范、1990年的全国绿化奖章获得者——刘克唐。

陵园祭扫纪事

正是清明，怀念故去亲人的日子。

这几天，人们不约而同，所去最集中的地方就是陵园。

交通压力在增加。周边地区相关商品也多起来。花圈、鲜花、冥币、花篮一类寄托哀思的物品满目皆是。

人们与陵园的关系不可回避。在生与死的交界处，陵园已成为生活的一部分。

陵园在平常是什么样子？在这里工作的人员是个什么样子？一般人是很难想见的。

于是，清明之前，我专程来到门头沟的天山陵园。这里不仅环境好，位于八大处的北坡，东南望可见香山，四面环山，而且距离北京远近适中，最能反映出北京城乡的习俗。

与旧时最大的不同应该是墓地不再凌乱安放，而是由陵园统一管理。因此，视觉上是整齐划一。映入眼帘的是片片青绿，一排排的侧柏、桧柏、常青树，那是新的殡葬方式——树葬。向远处望，有一片开阔的空地，那是特意辟出的10亩地，准备推行草坪葬。这是门头沟区民政部门的领导从国外借鉴来的，也是美化环境的一种新的殡葬形式。虽然草坪葬的投入很大，但为了推动殡葬方式的改革，应该积极引导。近年来民政部门要求墓地要向园林化发展。所以才有这么好的环境。

山坡上盛开着粉红色的桃花，返青的草泛出了嫩绿。

刚到这里，最先见到的是一位老职工，头发花白，人很硬朗。他说，来这里祭扫的人有很大的不同，平常有一两个人骑车来的，也有把祭扫当成聚会或者是春游的，一家人或是一家族人聚在一起，祭典、聊天、照像、吃喝，很像是旧时的踏青。

祭扫在今天已经注入了许多现代成分。

陵园里见不到纸灰，磕头的人也在减少，大声哭嚎的更是少见。采取新方式祭扫的人越来越多。比如买上一束鲜花，祭献毕，再把缤纷的花瓣飘撒在墓前；为过世的人写上一段文字，记录下老一辈人的创业史，有的还把它镌刻在墓碑上；有的把创造出的科研成果、著作陈放在墓前，用以慰藉在天之灵；有的还写上一首诗，念完后贴在墓碑上，大意是：不管回来多晚，他都要等门……谁有烦心的事，他一宿睡不着……他即使病倒，也是全家人的依靠。远处飘来了悠扬的钢琴曲，那是从录音机里传出来的。一个妇女带着孩子在墓碑前默默地站立着，她们深深沉浸在记忆的旋律中……

这里也有很多感人的故事。

老职工把我带到一块墓碑前，碑上刻着"李博育烈士"，旁边摆着鲜花和花圈，挽联上写着"天山陵园集体祭献"。后面的碑文中记录了这是为保护群众生命财产安全因公牺牲的解放军战士。老职工说，这是陵园免费为他们安葬的，每年全体员工都要为他们祭扫。这样安排是陵园领导借此对员工进行英雄主义和社会公德教育。烈士墓在天山陵园共有两个。不仅如此，只要是孤墓，陵园每年也都要为他们祭扫。

在陵园，有一个墓非常特殊，它没有碑，近看才知是著名的外交家康茅召。他生前曾为中国人民的解放和建设事业作出了贡献。他还非常喜爱摄影。我曾翻阅过他的摄影集。厚重的作品记录了他所走过的道路。全集的第一张是一幅非常珍贵的照片，一队日本鬼子举手向八路军投降。据说这是中国人民抗日战争史上仅存的一张。在他的墓上，镌刻下了康先生的遗体在献给医学研究后，骨灰已然撒在了葱绿的西山。这里只有他的遗物伴随着夫人杨玲的骨灰长眠于此……

陵园上空飘着气球，上书挽联：驾鹤西行，天堂有位；入土为安，灵魂升天。人们可以放飞气球，寄托哀思。老职工对我讲，这是陵园为人们寄托哀思而准备的一种新方式。

陵园的工作说到底就是服务。为了方便客户，天山陵园不怕麻烦，经常做一些平凡而琐碎的事。就在前几天，一位86岁的老人自己坐公共汽车来到陵园，要为老伴的骨灰选个墓穴。员工心有不忍，便陪老人挑选。选好后一问，才知老人家住在翠微路。老人一来不愿意麻烦子女，二来也想亲自看看墓地，将来也就放心了。这么大年岁，走路不便，陵园的领导把已经上路的司机"呼"了回来，将老人送上了337路汽车。不一会儿，老人的女儿也赶到了，问清了情况，又跟着返了回去，到家一看，老人已在家中，十分感动，立刻给陵园打来电话，感谢陵园的热情服务。

服务工作还有很多。老职工指给我看：原来这里是荒山荒坡，现在把碎石地开垦出来，扩大了面积，公路也一直修到了山上。陵园自来水也接上去了。刚竣工的厕所青瓦灰墙，风格古朴，又方便了人们。

我问，平常做些什么？老职工说，也要接待客户，打扫墓地。我问什么感觉？老职工讲，有时在山坡上巡视，只身一人，也有月黑风高的时候，但这个行业就是做服务工作，时间长了，习惯了，也就不再想其他的了。

我看着老人黑黢黢的面庞，油然产生了敬意。

柜台内外

小于今天窝囊透了。那个小伙子愣在意见簿上写下了"25 号服务员态度恶劣"。可不，仅因为一条意见扣五块钱。

她恨他，又怨自己倒霉，快"十一"了，偏赶上二轻批发市场狠抓"柜台服务"，顾客是"上帝"。刚订的重奖重罚制度谁能破例？要照往常，非跟他打一架，骂他"活该"算是轻的。

说小于的性格急，可错了。她，31 岁，脸白白的，很文静，还是皮鞋组组长。各样的顾客也见过不少，还真没见过他那样的。

"您买什么？"

"40 的盖鞋。"

"鞋就一双了。"

"我是你们家亲戚就有了！"

凭她卖了 8 年的皮鞋，早觉出来者不善，看看表都 5 点了。他准是转了一天商店没买着鞋，不顺心。

"皮子不好，您到别的商店再看看！"她使劲压了压火。

"那——拿 41 的试试。"

"您到底穿多大的？"

"从 38 到 43 我都能穿！"

真噎死人，谁欠谁的呀。在别的地方窝了火上这儿撒来啦？"成心捣乱！"这几个字儿在嗓子边转了半天，还是咽了回去。谁让咱干上这一行呢。一句话又能怎么样。想起咱这店，好地儿都腾出来扩大营业面积了。别说夏天换衣服，就连吃饭的地儿都难找。中午没地儿待，只能去逛商场。唉……

"你看上哪双我就给你拿哪双。"一双双鞋从货架上拿下来,又放回去。都二十来双了。

"就他妈等涨钱之后再买吧!"他转过身,走向意见薄……

"啊——!"小于真的被激怒了,抬起腿便要冲出柜台。

一抬头,值班经理早站在那儿了。她冲小于微微点了点头。

小于收住了脚,可泪珠却忍不住在眼眶上转……

第二辑

艺　痴

为了心中的梦想

湘妹陈一方

长征剪发

快餐店。

她啜了一口浓浓的甜豆浆，兴奋地说起正在热播的《长征》，说起了她饰演的张闻天的夫人刘英。这是她觉得非常幸运的一个角色。她庆幸每年都能跟一个大片，同时也能沾点长寿的光。她采访过这位现年96岁的老人刘英，与老人聊天，体验生活。老人的经历感染了她。为了这个角色，她把过腰长的大辫子剪掉了。当"咔咔"的剪刀声在耳边响起，她的眼泪也掉下来了。

辫子与她有着多年的感情。拍《大转折》时就剪过一次，但剪得没有这么狠，只剪到了胸，触动也没这么深。尽管此时热播的还有《中国的保尔——吴运铎》，她饰演了何守莉；电影《开着火车上北京》中饰演主要角色姚玉珍；《还珠格格》二部等十几部影视中饰演过一批角色，都没有感觉到她这么兴奋。为了这部戏剪掉辫子值得。

可能是这部革命题材剧的力量；也可能是剧中有一批她敬佩的演员、导演，诸多的因素使她对此剧非常投入。长征路上的苦她吃了不少，尤其是在4000米的高原上拍戏时，她发了烧，此时偏赶上拍趟水过河的戏。河底坑洼不平，不小心，水就过了腰，再加上人工降下的"雨水"，冷得她骨头发凉……当导演一声满意的"好"字刚一出口，她也昏倒了。

长江寻短

她就是陈一方。方字没加草字头，是取自父母的姓氏，"一"是架在

第二辑 艺痴

55

之间的桥，或是一道彩虹，连接了一个幸福家庭。她是个湘妹子，出生在洞庭湖畔的南楚古城。母亲朴实爱干净，总是在不停地为家里人洗衣服。中学时，同学们已是花枝招展了，而她却总是穿着打了补丁的绿军裤。旧，却干净整齐。家境的贫寒炼就了她自强、自立的性格。

在她四五年级时，家里搬进了剧场舞台旁的一个小房，面积不足9平米，仅能放下一个单人上下床和一张桌子，一家四口挤在一起。父亲是个文化人，晚上偶尔还要跟她们抢占那张桌子。生活艰苦，但精神生活却格外的丰富，每天都能从银幕的后面看电影，受了不少艺术熏陶。

她梦想过当老师、当演员、当解放军，哪怕到新疆、西藏。她相信第六感觉，相信自己一定能够走出洞庭湖。果真，她考上了省师专，学习音乐，将来当老师。但文化差了几分，学校让自费。她却很不服气，第二年又去报考了武汉师范学院声乐系。初试考了第一名，但复试时生了病，嗓子哑了，与大学失之交臂。

两次落榜，她的心灵受到很大打击。好强的性格，使她觉得无颜见江东父老。她来到长江边，在岸上徘徊。漫漫人生，没有尽头。前途渺茫、心灰意冷，失落、绝望一齐涌上心头，准备投入到滚滚的长江中，洗去心头的阴霾……

就在此时，一只手拽住了她的衣服。她回头一看，原来是她的老乡。他说了许多劝慰的话，让她回家去。她说没脸回家。他便把她劝回到宿舍，然后立刻赶回老家，把此事告诉了她的父母。母亲心如火焚，连夜赶到武汉，一见到她，眼泪就流了下来，一个巴掌抽在了她的脸上："你要是有个三长两短，我们怎么活！"

她一下扑在妈妈怀里，母女俩抱头痛哭。

独闯京城

偏有巧合。没过几天，她遇见了一个女同学。说她要到北京去找音乐家郭淑珍。

认识她？

不认识。

她很受启发，决心也像那个女孩一样，只身独闯北京。

临行前，父亲千叮咛万嘱咐：无论结局怎样，要想着家中还有你的父亲母亲等着你。

初到京城的陈一方，下了火车，就一路打听着，直奔中央音乐学院。在学院里，她碰到了一个穿着印有"中央音乐学院"背心的男生，头发还有点自来卷，看来应是这儿的学生，于是便问：

"音乐学院的招待所在哪儿？"

"住招待所，有亲戚吗？"

"没有。"

"那可不行。你来干什么？"

"找金铁林老师学习声乐。"

"你认识他？"

"不认识。"

"真佩服你这么有追求的学生。我要像你这样，早就成名了！这样吧，你就说是我的表妹，住下没问题。但金铁林老师可不在这儿。他是中国音乐学院的。"

她又来到中国音乐学院。这里正在搞基建，办公室的一个人拦住了她：

"找谁？"

"金铁林老师。"

"约好了吗？"

"没有。"但她把自己的经历和渴望成为金老师学生的心情表达得淋漓尽致。

终于感动了那个人。也是巧，后来才知，那人正是基建处处长。他感叹地说：真不容易，于是拿起电话，帮助联系，说是慕名而来，等等。

终于征得同意，可以一试，先交20元报名费。这在别人看来是很正常的事，她却承受不住了。一气之下，走出了学院。她在办公室又遇见了那个人。

问她为什么不考了？

她说："他不是伯乐，还要钱！"

那人啼笑皆非，说现在像你这样的有志青年太少了，我一定帮助你。中午先在我这儿吃饭。歌剧系副主任郭祥义老师水平也很高。下午，让他听听你的嗓子，好就留下，不行就回家去。

她特别高兴。下午，她一下唱了《我爱你，中国》等五首歌。郭祥义觉得条件不错，把她留了下来进修。后来她考上了总参长城艺术团，开始了在北京的生涯。

报考军艺

她对中国人民解放军艺术学院开设的音乐、戏剧、文学几个专业都非常感兴趣。她找到总参的领导，说自己想考文学系。领导说，你有什么特长。她说出过诗集，于是拿出了一本《芳草地》。封面是自己画的：大海上一轮红日喷薄欲出，放出道道光芒。领导一看就哈哈大笑起来："这叫什么诗集！"不过，也为她的执著感动，还是同意了她的请求。

文学是三年大专，戏剧是四年本科。最终，她选择了戏剧专业。事后，她才知道，那年文学系空了一个名额，早知，应该都报上才好，能学到更多的知识。此是后话，悔之晚矣。

她并没学过表演，考试也有曲折。初试考了歌舞、故事、小品，还算顺利。考官的印象是朴实、泼辣型。复试的声乐、舞蹈、故事文学都还错。只是最后一个小品让她不知所措。拿到的题目是：即兴表演《月夜》。她脑子里一片空白。虽然考前也做了《夜》、《雨夜》一类的表演，但一个"月"字，却让她一头雾水，不知如何表现。

她硬着头皮走上考场：夜晚，等人，半天不来，焦急地张望。蚊子叮咬，拍打。看表，看不清，借着路灯，还是看不清……总之自己觉得不理想。可能是群体的表演，给老师留下了较深的印象：6个考生在公园里玩气球，她个子小，总也抢不着。突然，一个男生把气球一脚踩破了。她一个人傻楞楞地站在那里，然后弯下腰，把气球皮捡起来……可能是细节上做得到位，得到了考官的认可。

开学时，有人告诉她，你前边的人全考上了，你后面的人全落榜了。言外之意，她是"孙山"。四年中，她是班里唯一坚持天天练晨功的学员。毕业时，她的论文为A级，专业成绩名列前茅，以优异成绩而结束。

她开始了演艺生涯。

她要做一个学者型的演员，当一名艺术家。她心中的偶像是费雯丽、达斯汀·霍夫曼……她要做天边的一颗星，一颗明亮的恒星。

她的宗旨是演好戏，做好人。

字画收藏的学问

刘一正收藏字画有 800 余幅，册页有 40 余册。其藏品以当代名家为主。

这些字画绝大多数得益于 20 世纪 70 年代，中国书法家协会成立前后，刘一正在那"帮忙"，结识了众多的书画家。那时讨幅字画叫"求"。粉碎"四人帮"后，这些人也愿意把作品送给亲朋好友。由此而得。

刘一正收藏字画不是束之高阁，而是为了看。每天拿出来欣赏、把玩、鉴赏，从中领悟书法的真谛。欧阳中石曾送给他一幅临摹的《兰亭序》，运笔灵活。他也临摹后，找出了运笔的规律。沈鹏的字讲究用墨，所谓墨分五色。如果作品是印刷品，肯定分不出这么多的层次。而墨汁写出的作品依然没有层次，也显示不出立体感。因而他保持着研墨的习惯。启功曾教导过他，要多看原作。一是到故宫里看帖，一是收藏些好作品反复揣摩。碑帖都很重要，但有很大区别，要多看帖，帖来得更直接，能看出行笔的起止转折，墨的干湿浓淡，以及作者的情绪全能表现出来。而碑则多了一层雕刻的技术，刻得再好，也与毛笔写出的有区别。碑也要看，看碑则要学字的间架结构。

因此，收藏字画对刘一正的书法起了很大作用，他多次参加全国性及省市书法展，先后 7 次获得全国性书法赛大奖。现在，收藏字画不像 70 年代那样方便了。于是他就经常出没于拍卖会场或是以个人介绍等方式购买书画，也曾打过眼：第一次买王一亭的扇面就是一张"天津活"。而以后的几十次中，基本没上过当。

1996 年他曾买过两幅黄冑的画，其中一幅很多人都说是假的。他反复看了原作，固执地认定是真的。买回后，他带着画给当时住在友谊医院病室的黄胄看，结果，还是真的。又一次，他买了张任伯年的扇面。在预展上很多人认为是假的，他认为肯定是真的。买回后，他立刻去找文物专家史树清、常任侠鉴定。两人都认为是真的。当时住在中日友好医院的常任侠说他：要相信自己的眼力，不要为旁人左右。提高眼力就要常看原作。你现在眼力可以了，这完全归功于你的收藏。你的书法达到现在的水平也如是。

刘一正认为看字画要先看落款：一看用笔的起始程序、轻重缓急、当时的情绪等。

二看印章使用的时期、印章由谁刻的。他有一次买了楚图南的书法，也有人认为是假的。他看到上面有三方印章，看风格，知道其人，便找去寻问刻章者，果然是楚图南常用的。

三看整体内容，作品的神韵、风格，以及作品的年代。包括用墨、用色、用笔、构图、用纸。

四是有条件的话可以找本人、亲朋好友及本人的学生等鉴定。

鉴定也是一门学问，如果无书法的功底，就不易看出用的墨是松烟还是油烟。又书法、又收藏，在青年书法家中不多见。书法促进收藏，收藏又提高书法。刘一正认定：这是书画大家所走过的道路。

第二辑 艺痴

雨聊鼻烟壶

难得北京下场透雨。暴雨砸在古玩城的楼顶上，三楼听得清清楚楚。天更黑了，而博文斋更明亮了，尤其是柜子里的鼻烟壶，在灯光的照射下，愈发晶莹剔透。

主人姓马，名明忠，从姓氏就知是回族。父亲马更生早年在廊房二条学的徒，按现在的说法，就是玉器杂项专业。之后就"跑单帮"，与孙瀛洲的一个徒弟在香港和北京干起了贸易行。受父辈的影响，马明忠也在改革开放的日子里，抛开了工职，一头扎进了行里。

不是世家，干不好这一行。说这碗饭好吃，肚子里的苦不是一句两句说得完的；说这碗饭不好吃，那里面知识和乐趣也不是两三句能说得清的。看着那一行行、一排排的鼻烟壶，真像是走进了五彩斑斓的世界。直到现在，没有一个人能把鼻烟壶收集齐全。就像是集邮，面对"浩如烟海"的邮品，谁也无能为力，只能寻找一个门类、一个专题来收集。

不在这行里就不会相信它有如此宝石蓝宝石玛瑙翡翠琥珀璧玺蜜蜡水晶矿晶发晶茶晶紫晶碳晶，象牙犀牛角鹿角虎骨，葫芦石榴槟之多。这样说吧，只要是大自然里的材料，都可以做成鼻烟壶。如瓷玉红榔藏腰子竹根竹篁，乌木紫檀红木桦木，金银铜、玳瑁、车渠、螺虫甸……全都入料。还有数量最多的一大类，就是料器。说白了，就是现在的玻璃。别瞧很平常，在清代，那可是高科技，能模仿出各种宝石，制作出千奇百怪的形状……说了这么多，也不能把材料罗列全。

至于每种材料上的独具匠心，每种设计上变幻出的图案、装饰，令人叹为观止。料壶更是随心所欲，典故和吉祥祝福充溢其间，什么五福捧寿、马上封侯、二甲传胪、英雄斗智、官代传流……无法细说。如此一个多字，源于清代的奢靡之风。它远远超出了实用的范围，而是身份地位的象征。一人不能只有一个，哪怕再珍贵的也不能代表。要多，档次还要相当，日日出新才不有损身份。现代人有点儿想不通，那就做个比较，现在"烟民"见面要互相让烟，那时朋友相见则以鼻烟壶馈赠。因此，那时人们在材料和造形上挖空心思，皇宫里也指定了一个"古月轩"专为御用，就连外国人也想尽方法，用款式新颖的鼻烟壶去讨好皇帝。于是有人竟把珍珠和珊瑚也用来做了鼻烟壶，珍贵至极。

至晚清民国时，有人发明了内画的方法。因颜料易混入鼻烟，渐渐失去实用价值，但此类壶极具观赏性，也就自成一系。现在存量最少的要算是丁二仲的，此人是个文人，并不以此为生，产量少，价值自然很高。而马少宣则是个跨跃时代的人，艺龄长，手艺好，产量高，影响也大。他生活面宽，什么花鸟鱼虫、戏剧人物无所不容，还曾为当时的张作霖、段祺瑞、黄兴、张之洞等许多名人画过鼻烟壶。他自己画得最得意的是"二乔"，画面上二女相依，国色天香，而且自作诗刻于上：君臣江左著英称，姊妹于今声价增。犹幸未遭铜雀锁，朝朝歌吹望西陵。选一首抄于上，以见此公底蕴。

您这里有什么上好的鼻烟壶吗？马明忠从后面一摞锦盒中拿出了一个。打开，取出一个水晶的四方型壶，底部刻款"乾隆年制"，上面有诗一首：一震云烟起半山，流水响潺潺。一树梅花发碧涯，春讯到江南。全部隶书填金。这要算是烟壶里的"官窑"了。一权威拍卖公司给此物的估价为 8 至 12 万元。

掌间的一个玩物，竟有如此价格。论形状，看不出有壶的概念，准确地说更像瓶，最多能从军用水壶中看到它的影子。然而就是这样一个玩物，却能给一个河北衡水地区带来 20 个亿的收入。因为内地、香港、台湾以及美国、法国、新加坡等有着一支收藏大军。一是它的观赏性，一是它的历史价值，使得小小的鼻烟壶招徕了那么多的痴迷者。

鼻烟壶里的话题真不少。外面雨还在下，天儿也没有聊完……

为了心中的梦想

牙雕大师

一

相同题材的作品很少能引起艺术家的再创作欲望。

李春珂破例了。

他要再用牙雕来反映南唐画家顾闳中的名作——《韩熙载夜宴图》。

他对这幅画情有独钟。

他是牙雕工艺大师，构思一个适于牙雕的大型题材很不容易。要有一定规模，要有力度，要有文化含量，还要适合牙雕特点。中国古代的画作浩如烟海，即使是隋唐五代时期的名作也俯拾皆是：周文矩的《重屏会棋图》、周昉的《簪花仕女图》、阎立本的《步辇图》……对于整根牙来说，这些绘画显得内容不够丰富；而内容宏大的绘画，在宋代也不乏名作，张择端的《清明上河图》便是其中之一。相比之下，这幅画反映的场面又过于庞大，在一根牙上也很难表现。微缩，视觉感会很差。更重要的是，有了场面的恢宏，少了人物的神态。

李春珂选中《韩熙载夜宴图》，正是看中了画中人物内心世界的丰富。1990 年，他曾做过骨雕的《韩熙载夜宴图》。相对来说，此幅画在骨上做要容易，但骨的表现力也差。作为大师，他心有不甘，一直想让这幅古代的名画在牙雕上再现。他要把画中的丰富内涵淋漓尽致地表现出来，达到绘画艺术和雕刻艺术的完美统一。

二

原画全长 335.5 厘米，宽 28.7 厘米。把它移植到牙上并不容易。画是直的，而牙有弧度；画的宽窄是一致的，而牙是一头粗，一头细；画是平面，而牙雕是立体。这就增加了移植的难度。按照简单的放样平移，视觉效果会错位。这些都是在骨雕上从未遇到的难题。所有这些难题，正是再次引发李春珂创作欲的魅力所在。

这一想法已经在他的心头萦绕了十几年了。当准备进入再创作时，他还是又用了将近半年的时间来构思这件《韩熙载夜宴图》。他觉得这是一幅古代名画，应该从整体上产生古朴的效果。他在雕刻厂库存仅有的几十根牙中，特意选取了一根存放了30年的老牙。牙体通裂，嵌着很多黑色的条纹。用这种裂痕参差的料，风险很大，眼力不够或是设计不好，做出的活儿肯定全是毛病。而李春珂却觉得，这牙也有优势，经年累月，不会再裂了，受气候的干扰小；有了这些黑色的裂痕，反倒会有古朴的效果。

他每天都在端详着这根牙。透过条条裂痕，他看到的是关于韩熙载的故事，想到的是这幅画分成的5个情节：听乐、观舞、休息、清吹、送别。脑中浮现的是画中十几个人物46次反复出现在牙体上各自的位置。他要把画中韩熙载、太常博士陈雍、门生舒雅、紫微朱铣、状元郎粲、和尚德明、教坊副使李家明、女伎王屋山等这些历史上的真实人物再现到牙上。一个方案建立，不久又被新的方案推翻。如果按照原画的比例关系设计，在视觉上就会变形。原因是，看画与看牙雕不同。看画，尤其是长卷，不是人动，就是画动；看牙雕则是在一个视点上。按原画平移过来，在视觉上就别扭。人物场景的疏密关系要重新安排，原作人物要有聚有散。仅人物大小的比例关系前后就经过三次大的调整。最后定下来，从一个视点出发设计画面，既不破坏原作的结构，场景看起来又集中，人物比例关系又舒服谐调。

构思还要照顾到牙的特点。牙的罐口处是空心的，直径粗且壁薄，仅一厘米厚；顶部则尖且实。牙雕不是平面的艺术。原样照搬，也要有浮雕的深浅变化，若是再与立体雕相结合，难度要加大许多。不要说具体的雕刻技术要具备相当的功力，就是在用料的安排上，也要先把料最高的部分

"站住了"，然后再往深处落，使得最后产生的立体感变得均衡，使整幅作品的深浅与原作相一致。所有这些因素全部考虑到位，才能动手。为了"站住了"，罐口处雕刻的最深处极薄，再多雕刻一刀就穿透了，最大限度地利用了原料的厚度。

难度最大的，当然还是作品的中心人物——韩熙载。他是南唐的重臣，来自北方，曾有过收复中原的雄心，是个颇有见地的政治家，但受到了南方派系的排挤和后主李煜的猜疑，故而难施报复，心情沉郁。他看透了南唐政治的腐朽和"国事日非"的前景。尽管李煜又想重用他，韩熙载终不肯出，借沉溺于声色之中，以示无为，明哲自保。李煜得知其"多好声伎，专为夜宴，宾客糅杂"，便命画家顾闳中到韩熙载家暗中窥视。凭借记忆，顾闳中准确地把握住了韩熙载复杂的内心世界，把夜宴的场景和人物的内心世界表现出来。这在画中的第一节"听乐"和第四节"清吹"中最为明显。

李春珂正是吃透了名画的内在意韵，深入到了人物的内心世界，使得人物形神并致。尤其在第一节中，李春珂最为精心：韩熙载坐在床上，眼睛看着教坊副使李家明的妹妹弹着胡琴，心神早已离琴而去。是琴声勾起了他的什么心事，不得而知，却让人分明能够感到，他的忧郁沉闷、大志难抒和轻松背后的沉重。

同样都是在听琴，画中的十几个人物各具神态，有的抱手，有的侧耳，有的回顾，有的垂立，均感慨于琴技和沉溺于音乐之中，这本身在画作中就难于表现，而主人公的心在琴外，更是不易。若再把这些表现在雕刻上，难度可想而知。李春珂在人物的形与神上把握得极有分寸，准确地表现了原作所要表达的内涵。

整幅作品忠实于原作，同时又是在原作基础上的再创作。这里不仅有形似，还有神似。

三

神似是李春珂追求的境界。

他认为，牙雕是文玩。是文玩就要经得住反复琢磨把玩，经得住时间的浸蚀。中国的牙雕有 5000 多年的历史。《史记·微子世家》中记载："纣始为象箸。"在早期的制品中，除去一些实用的梳子、牙筒外，还有形如喇叭、薄如蛋壳的制品，工艺上达到了相当高的水准。而以后的牙雕从实用向艺术方向发展，出现了兽面纹和方雷纹等艺术图案。这反映了古人的价值取向和审美观。

　　古人崇尚简约。

　　李春珂在 20 世纪 70 年代和 80 年代分别在中央工艺美术学院和西北大学进修。他系统学习过中国美术史等课程。尤其在西北大学的学习中，他深刻了解了中国汉唐时代的艺术风格。他到过茂陵，观看过霍去病墓前的石雕——马踏匈奴。简练的线条，把马的形与神完美地表现出来，成为流传千古的佳作。

　　这在他的心灵中留下了深深的烙印，也引起了他对牙雕的反思。

　　他梳理过中国牙雕艺术的发展脉络。几千年来，牙雕人物的造型大多简约，直到明代，达到了艺术高峰。清代，人们的审美发生了变化，牙雕与其他门类一样，也开始崇尚繁琐。而在几百年过去后的民国时期，很多艺人开始模仿明代的工艺品。解放以后，出现了像杨士惠、杨士忠等一批牙雕大师。尤其是，杨士惠还受到了毛泽东主席的接见和赞誉。这给牙雕事业以极大的鼓舞。杨氏兄弟还在牙雕上创造了不少新的技法。他们制作的《北海》、《韶山》等一批大型牙雕，代表了新中国一代艺人的水平。

　　李春珂是在这一代前辈的规矩中成长起来的。他经历过繁复，也学习过简约。可能是学了一辈子的雕刻，对于技术掌握到了娴熟的地步，他渐渐产生了新的想法，有了个性，感到了简约难于表现之所在。技术需要细心和时间。比如几层、十几层，现在发展到几十层的镂空球雕，这在牙雕上是个技术活儿。不论用手工，还是用钻床精确定位，做的方法都是从最深层做起，刀工要好，一层一层雕刻，很费工夫。全面掌握了技术，可以成为雕刻家。而艺术则需要素质和修养，有时还要加上天分。

在体验中，他遇到了技与艺的关系问题。他觉得，技术是基础，没有技术，就没有牙雕的个性，也就没有艺。没有艺，技就缺少了灵魂。他觉得，技是艺的形，艺是技的神，技应该为艺服务。顾恺之是中国绘画史上最早提出形、神问题的。潘天寿在《听天阁画谈随笔》中解释顾恺之的"以形写神"时，极为精确地说："以形写神，即神由形生，无形，则神无所依托。然有形无神，系死形相，所谓'如尸似塑者是也'，未能成画。"牙雕可以充分展示技术，玲珑剔透、巧夺天工；也可以把技术与艺术融为一体，鬼斧神工、余音绕梁，让形神兼备，使作品蕴含丰富的内容。繁琐靠的是基本的技术，而简约考验的是对艺术的把握。

因此，在《韩熙载夜宴图》的构思中，李春珂没有按牙雕行的常规设框子——在画作的四周打好框，或是用繁杂的花边来做陪衬，而是直奔主题，直陈其事，只用简练的云卷来做衬托，既保留了原作的风格，又使画中的人物全都"站住了脚"。这些当然是行话，但可以用一个反推法，便更容易理解，假设用了一个美丽的花边做装饰，肯定会抢夺了画的内容，会有一种"添足"的感觉；而若与原作一模一样，没有了这些云卷，人物少了立足之地，就如飘在空中，失去稳定感。淡淡的几缕云卷，烘托出了古朴的气氛，应是这幅牙雕唯一最好的设想，突出了韩熙载"沉娱声色、逃避现实"的主题。

他知道"学院派"对牙雕行的看法，觉得很匠气，艺人只有到了老年，才能总结经验，做出新意。

牙雕要有艺术含量，经得住把玩。他在追求。

四

李春珂不想再重复前人走过的道路，时刻在想着发展和创造，想着这一代人给后人留下什么。

李春珂把更多的精力放在了人物的创作上。他觉得千人一面的作品不属于艺术。创作出人物的个性更需要功夫。他的心血便倾注在了人物上。

他做过许多观音像，都各有不同。有人们熟悉的手持柳枝净瓶的形象，还有许多手持花篮或其他物品的形象。在明代，观音的形象是丰富多彩的。因此，他雕刻的观音也是形态各异，而且极具动感，轻风吹动着衣裙的下摆，人物迈着轻盈的脚步。当然，令人百看不厌的还是人物的面容，头略大些，作为突出的重点。他创作的观音，都是那么慈祥、美丽、端庄、大方，仿佛就是人们心目当中慈母的形象，栩栩如生。

他的工作室，放着一个创作的小品。这个人物穿着大褂，双手一揣，头一低，背比头还高，嘴上贴着封条，眼睛眯成一条线，眼神往上那么一翻，憨气中透着智慧。这个不大的掌上玩物，很有玩味之处，它使人联想起很多东西，什么大智若愚，什么为人处世之类，也不禁让人想起中国古代的老庄哲学。

他的得意之作，大都在一些小品上。《官代流传》便是其中之一。画面上的物品是冠、带、石榴和船，用谐音来为下一代祝福。童男童女在做游戏，互相对视，形离神合，天真无邪，活泼可爱，吉祥如意，令人爱不释手。

他做每件作品都要充分准备。妈祖是他十几年前雕刻的一个作品。之前，他看过好几本关于妈祖的书籍，找了大量的资料，把她的祖籍、生平、经历，都了解透了，这才动手，下笔有神。

所有这些人物，你看不到他们身上穿着多么华丽的服饰，背后衬着多么奇特繁杂的景物，极力突出主题，衬托极为精简，给人以素朴的感觉。素朴是中国古代的哲学思想之一。人只有在"婴儿"时才保有素朴的天质。这种天质在经历了纷繁的社会化过程后，再朝素朴的方向转化，便可达到更高的境界——返璞归真。有人把明代的素朴人物称为"木头人"，但那些人物是艺术上的回归，经得起时间的考验，经得起反复玩味。这是古人的审美观。当把古代的其他景物、静物的牙雕制品摆放在一起时，你就会为当时雕刻艺术水平的高超而折服，雕刻中的所有技法，包括圆雕、浮雕、镂空雕、镂嵌等技术都得到应用。你会由衷地赞叹，用在人物上的雕刻技法，不是不能，而是不为。

《韩熙载夜宴图》在画面上看起来很素。这是顾闳中为突出主题的特意设计。景物不多：乐器、家具、器皿以及发式、服饰花纹，都是点到为止，绝不铺张。应该说，这一创作理念打动了李春珂，引起了他的共鸣和创作上的冲动，是与顾闳中在创作思路上的一种暗合。

李春珂在雕刻中调动了多年在人物造型上积累的经验，运用了多种雕刻手法，进一步强化顾闳中所要表达的主题。浅浮雕、深浮雕、立体雕的组合运用，使牙雕作品大大加强了表现力。这得力于他的制作。李春珂做活儿从不用电动工具，在他的工作室里摆放的都是大大小小的凿子、雕刀、刮刀、角刀、锉刀，以及牙锯、木锤等工具。从毛坯的凿活儿，到定形后的铲活儿，都是手工。他说，雕活儿就是手工活儿，用了电动工具，活儿的味道就变了。

原作所能提供的仅是一张平面的图画，别的再无可资借鉴的参考图。平面移植过来不难，要把平面转化成立体，就不是一日之功了。一般的人看到一个人物的正面，并不能想见他的侧面。同样，看到了侧面，更难以想见他的正面。这就是毕加索在抽象画作中，要把人物的正面与侧面同时展现在人们面前的原因。

在多年的创作中，李春珂经常遇到人物形象换位的问题。他在工作中潜心揣摸，平时经常留心各种人物雕塑，还时常观察现实生活中的人。日积月累，磨练出了这样的功夫：看到一个人物或是服饰的正面，就能想象出侧面；看到了侧面，就能想象出正面。经验培养了感觉。

人物造型上的深厚功力，是李春珂得以顺利完成牙雕《韩熙载夜宴图》这一巨作的基础。

五

李春珂的作品，实实在在。活儿如其人。

李春珂是共和国的同龄人。1964 年，他初中毕业被分配到了北京象牙雕刻厂。他性格踏实，属于那种干一行爱一行的人。心思全放在了钻研牙雕的技术上。很快，他成为年轻人里面的尖子。那时讲究学技术，厂里也兴起过名师带高徒。李春珂便有幸跟杨士俊大师学花鸟，后来，又跟孙森大师学人物。老一辈艺人的言传身教，给他的牙雕技术打下了深厚的基础。日后，他创作了《化蝶》、《嫦娥奔月》、《思凡》、《麻姑献寿》、《棋乐无穷》牙雕；在孙森大师带领下制作了大型组件牙雕作品《唐王游月宫》、《八十七神仙图》；近些年又做了大型楠木雕组画《大禹治水》、《商鞅变法》、《民族英雄岳飞》、《铁面包拯》等，屈指算来，已有上千件作品。其中的作品多次获奖，并得到了专家及外宾的高度赞扬。

1999 年，他被北京工艺美术集团总公司评为一级工艺美术大师。具有"一级大师"头衔的在北京工艺美术行里只有 16 个人，出自于北京玉雕、景泰蓝、牙雕、雕漆、金漆镶嵌、花丝镶嵌、宫毯、官绣等行业和民间工艺。而搞牙雕的仅有两三个人。一级大师的概念，可以用 2003 年 1 月北京市经济委员会颁发的《北京传统工艺美术品种、技艺、珍品及工艺大师的认定办法》中的文字来解释："应在社会上享有较高的声誉；其作品多次在国内外有影响的行业展览会上获奖；在继承传统技艺和专业技术创新方面能主持研究、设计工作；具有理论和技艺上的突出贡献；能形成独特的技艺风格；是本行业某技艺领域公认的代表人之一。"这是一把尺子，量出了李大师当年的水准。

李大师有他自己的独特经历。上中学时曾经画过一幅学校景色的素描，得到过学校的奖励。这不能说明他在绘画上的天才，却可以看到他对于艺术的喜好。他还对半导体收音机感兴趣，攒过矿石收音机、无线电。直到如今，他还很喜爱攒电视。现在，他的照相、摄像技术具有相当水准。用在这上的投资不小，新近还置下了数码相机。从事了牙雕，他对文学、美术也很爱好，闲时，爱读中国古典四大名著，爱读《艺海拾贝》、《美的旋律》等书籍。当然，读得最多的还是关于美术、雕塑方面的书。尤其是在做一件作品时，几乎把能碰见的有关这一题材的书籍全部买到。

他觉得，作为大师要对得起这个称号。没有相当广泛的知识，无法与外界广泛交流，也做不好牙雕。身上装载的知识要与大师的称号相匹配，才能名副其实，要做知识型的大师，要增加作品的艺术含量。

打量这位大师，他中等身材，方面阔口，性格内向，不善言谈，敦厚善良，眉宇间透着一种执著。长时间与他接触，会感觉到他的认性。认准的事非要干到底。年轻时很直，有话直说，得罪过不少人。三十而立，四十不惑，他吸取了经验，变得迂回了。五十而知天命。此时的李大师没什么所图，没什么可争，一切看得很淡，也就没什么顾及了。牙雕行里有个毛病，对别人的作品一般很少评论。李大师掌握一个原则，尤其对同行在牙雕活儿上的艺术评价，只要对方愿意听，他就直言不讳，阐明自己的看法，哪怕对方心里不高兴，或是接受不了。他觉得要说公平话，这是对活儿负责，对人负责，更是对艺术负责。

同是人物，用李春珂的《韩熙载夜宴图》与顾闳中的《韩熙载夜宴图》相比，主人公的神态一致，而形态小有不同，顾作中的韩熙载俨然是个北方大汉的模样，而李作中的韩熙载还是北方人，但多了几分儒雅。仔细品味端详，透过韩熙载的表象，隐约能感觉到有一丝李大师的影子。问是何故，李大师也莫名其妙。说在凿活儿之时，人物还很粗犷，一到铲活儿、打磨以后，就有了几分文雅。越是这几年的作品，越会出现这种现象。

这是不是一种搞艺术人的通病呢？许多著名画家，或者是著名漫画家，其作品在进入成熟期后，都能找到作者本人的影子。这是一种什么现象呢？有的人说，画家画来画去，就是在画自己。这也不无道理。作者的作品就是自己的孩子，当把心血倾注到作品中去的时候，怎么会不融入自己的基因呢？

六

牙雕《韩熙载夜宴图》在李春珂的眼中，还有不完善的地方，若不是厂里催得紧，还可以进一步加工。牙雕放在厂里的展览室。隔着巨大的玻璃罩，他用目光抚摸着自己心爱的作品，从头到尾，眷恋不已。这种心情，很容易理解。艺术是遗憾的。越是巨作，越是伴随着遗憾。艺术家在追求完美。

不过，李春珂觉得，小件作品倒可以完整地体现自己的艺术想法。这些小件，大多线条简练，但艺术构思很是巧妙，寥寥几笔，便使人物形神并致，令人百看不厌。他是个手艺人，但对市场也很了解，知道现在人们喜欢一些刻工多的作品。那些作品有很大的市场。而他却故意拗着走，不去迎合市场，特立独行。说来也很奇怪，他的这些饶有韵味、造型简约的作品往往有更多的仿冒者。

现在市场经济之下，假冒的产品屡禁不止，而且防不胜防。大型作品不好仿冒，小件作品却相对容易。而李大师的作品刻工不多，较好仿造。他创作的作品，很快，市场上就能出现十几件，或是更多的相同产品。有的还利用名气，直接刻上"李春珂"的字样，追求品牌效应。李春珂对此很是气愤，却又无能为力。假冒产品哪行都有，大的企业都解决不了，一个人，哪有那么多的精力来打假。

现在，他唯一的保护措施就是让这些小件的作品，尽量少而慢地流向市场。现在，他进入了知天命的年龄，不再有什么东西值得他去争、去夺、去拼，一切很淡，一切都变得无所谓。不是随遇而安，而是宁静致远。牙雕是一种需要智力、体力和视力的艺术。老一辈的牙雕大师，像杨士俊、孙森等还都在世，但体力、视力已经限制了他们。应该说，李春珂这样屈指可数的大师正处在牙雕艺术的黄金期。他要把这黄金时代更多地献给牙雕事业。他有很多设想，准备搞敦煌，还准备搞清代民俗。这些都是大型的工程，需要耗费大量的时间，要等全部构想好再动工。

李春珂是普通的社会成员。宏图大略与生活实际在不停地困扰着他。像李春珂这样的大师，也有不少的烦恼。爱人 10 年前，患上了莫名其妙的病症，不能确诊是不是脑瘫，这么多年，只能坐在轮椅上，最多能在人扶持的情况下，走上几步。说话不利落，要借助手势比划。面部表情很迟钝。家里现在请了个保姆，但很多事还要李大师操心。当年女儿高考时，全是爱人操持。今年儿子高考，家里的后勤保障就全靠李大师了。

李大师结婚30年，是在一间简易楼房中度过的。添人进口，又在门前接出了一间小房。后来又接出了一间小厨房。本来就不规矩的院子，被众多的小房挤压成了一条极窄的夹道。两年前，他搬进了新楼房，这里还是他的工作室。楼房里不能做活儿，噪音会干扰街坊。住家与工作室，两地相隔十几里远。晚上的时间便只能白白流逝。活儿急时，也只能在心里忍着。

人们大都知道，1989年3月1日，《中华人民共和国野生动物保护法》开始施行。同年，来自世界各地的代表团在瑞士参加《濒危野生动植物种国际贸易公约》大会。大会决定，大象被列为濒危物种的第一类名单，在全世界范围内禁止象牙贸易。决定从1990年1月18日起正式生效。随着媒体的传播，人们对野生动物的保护越来越重视。因此，生产经营象牙制品必须要有林业局和工商局的批准才能进行。北京象牙雕刻厂是北京市唯一一家许可制作经营牙雕制品的企业。但使用的象牙限制在1989年以前进的原料。所剩的原料仅有几百公斤，也做不了多少年了。今后的出路何在？谁也不知道。不仅是原料，厂里也后继乏人。最后一批进厂的学徒工，现在的年龄也已经40多岁。人过30不学艺，应该说牙雕工艺断档了。

牙雕这门手艺伴随着参照物，也已进入濒危状态。社会上多数的人都了解保护濒危动物，而对还有经营许可的企业却知之甚少。他在工作室里，还复印了一张许可证，贴在墙上，免去很多不必要的口舌再向别人去解释。李大师不想让别人用违法的眼光盯着。那样，他的心里不舒服。

他动过念头，想到国外去发展，环境和渠道都已经了解清楚了。思前想后：终究受了党和国家教育培养那么多年，晚年不论背上个什么不明不白的名声也觉得不值；哪怕是受到什么样指责，良心上更过不去。在多种原因中，他矛盾着……

他无奈地做着木雕。木雕与牙雕很接近，但终究在材质上，在做工上有所不同。搞牙雕的改木雕易，搞木雕的做牙雕难。两种料做出的活儿在细密、质感和立体效果上完全不一样。材质再细密的木质，要想做出蝈蝈须是不可能的事。而牙雕的《蝈蝈白菜》却是传统的佳作，再不用说人物的神似了。

他舍不得牙雕。

七

牙雕《韩熙载夜宴图》问世后，得到了包括中国轻工珠宝首饰中心、中国文物学会玉器研究委员会会长杨伯达在内的 5 名专家的首肯。2002 年月 10 月 20 日，由他们组成的专家组，对牙雕《韩熙载夜宴图》进行了评估，意见抄录如下："《韩熙载夜宴图》由北京工艺美术大师李春珂设计制作，象牙重 25.4 公斤，长 1.8 米。""作者为发挥柔润的牙料质地之美感，并宏扬民族文化，运用简练的明式雕刻手法，以表现人物神态细腻传神，打破了以往常规模式，独出心裁，匠心独运，注重整体效果和画面韵味，在艺术上技术上获得了空前成功。该作品是收藏的难得之作，专家组鉴定为珍品。评估价值为 600 万元人民币。"

这里有两个词值得关注。"珍品"有着严格的规定，在相关的法规中解释："1. 属于北京传统工艺美术保护范围的品种，采用天然、贵重、珍奇或稀有材料制作的作品；2. 文化内涵深厚，创意新颖，题材健康，主题鲜明，保持优秀传统并具有时代特征，是不可多得的原创性作品；3. 作品制作技艺精湛，充分合理利用原料，展示材质美，突出工艺美，风格独特，体现本行业最高水平。"用这三条衡量，任何人都会得出相同的结论。

"明式"的雕刻手法，鲜明地概括了李大师的艺术特色。

这是他的倾心之作。

他在艺术上取得了巨大的成功。

他还会继续走他的路，很执著。

景泰蓝上的创造

新作挂盘

景泰蓝是一个传统的行业，自古就是宫廷的艺术，艺人大都集中在京城。现如今，行里大师级的人物已没有几位，而最具创新精神的就数李新民了。

李新民的新，体现在突出了人物和图案绘画的传神；体现在运用景泰蓝制作工艺的变革。一般来说，景泰蓝应该在故宫里，应该在领奖台上，应该是旅游商店里面的瓶瓶罐罐。而走进李新民的创作室，这些概念就要更新了。他的新作远远超出了印象的边际。

目前，他正在集中精力，构思着不同图案和形状的艺术挂盘。内容大都是反映现实生活的题材。他选择挂盘作为载体，觉得这一形式最能体现个性，最适于表现丰富多彩的生活，也是历史上没有过的形式。最吸引我的，是《西北风》系列。共分为四个画面：《米脂婆姨绥德汉》：画上一对青年男女。小伙子头戴白毛巾，身穿白背心，露着强健的肌肉，站在黄河里，拉着牛皮筏。女子穿着大红肚兜、蓝印花布裤子，跪趴在牛皮筏子上。肥硕的臀部居于画面的中心；《儿子叫爸》：女人得意地坐在床上，挺着大大的肚子，男人跪在女人面前，头贴在女人的肚子上，高兴地听着胎音，背后的窗户上挂着红辣椒，喜字还依然鲜红；《双生娃》：窗户上的剪纸褪了色，女人坐在炕沿上，双手把着一个娃，娃的一只手自然往上一翻，顺手揪着一个咂儿，一只狗跑过来在一旁等待着，另一个娃坐在身边，手揪着另一个咂儿在吃；《骑大马》：男人趴在地上，乐呵呵地抽着旱烟袋，儿子骑在爸爸的身上，高兴地仿佛在喊着，驾，女人坐在一边，心满意足地纳着鞋底。此系列画面朴实生动，色彩鲜艳，内涵丰富。人们为这一对儿西北青年男女的幸福生活而高兴，之余又不免有点儿心酸。里面有新婚与原始生殖崇拜的交织；有女人得子后的喜悦与生活的困顿；有享受生活的快乐与娱乐形式的贫乏。细心品味，令人浮想联翩。

系列的作品还有很多。如《北京街头印象》系列，用了扭秧歌、遛鸟、探戈、朗朗书声几个内容来概括特定时代的北京清晨。画面则采用了抽象派的风格，反映北京的民风民情。抽象似乎更加远离了景泰蓝的传统，而他不是为了抽象而抽象，目的是拓宽领域。

从话语中听得出，他很得意的是《花季》。画面是一个清纯的现代少女，留着短发，双手拿着书本。身材苗条，穿着现代，眼睛传神，背后点缀着几片橘红色的常春藤，给人青春向上的感觉。还有一些作品更为大胆，直接表现着青春少女的线条美。

艺术挂盘的几十个系列都是人物。人物最能与观赏者直接交流。

此外，还有斑马、长颈鹿一类的造型，几乎都是在景泰蓝的历史上没有出现过的设计。他一改过去全身锦地的传统，利用了景泰蓝工艺特有的铜线，装饰着动物身上的花纹，得体自然，不能不令人想起"巧妙"二字。

作为美术作品，人们会赞叹他的构思和意境。但更为重要的在于，这是工艺品。在景泰蓝行里，能把美术作品转化成手工艺品，而且又那么自然和谐，应该是一种突破，或者说是一种革命。

要想对这个传统行业产生震动，必须要形成规模。

他想让这个行业改变面貌，让景泰蓝脱去神秘的外衣，附以新的生命，走入寻常百姓家。

改变求新

景泰蓝原本是宫廷的物品，专供皇宫贵族享用，是权力与地位的象征。由此注定了其内容大部分是吉祥富贵、福禄寿一类的图案。这样的御用物品，不太适合出现人物，也与李新民的作品形成巨大的差异。比如说现藏于故宫的珍品。元代的有：掐丝珐琅缠枝莲纹鼎式炉，现存最早的掐丝珐琅制品。明宣德年间的有：双龙大碗。碗的外形以缠枝莲图案作装饰，碗内由"二龙戏珠"图案构成，气势磅礴，形象逼真，制作技艺相当精妙。明万历年间的有：掐丝珐琅缠枝莲纹象耳炉、角端、八狮纹尊、栀子花纹蜡台。清乾隆年间的有：广珐琅八宝纹面盆、凫尊、明皇试马图挂屏等。这一类的器物，图案大都是牡丹、菊花、蕉叶、缠枝莲、花卉、饕餮、动物、果实等。特定的时代，产生特定的艺术。老与新，体现出时代的特征。

旧时代的艺人都是师徒相袭，口口相传。图案都是固定的格式，做花木图案时，也是枝杈互相穿插，按照一定的规矩，有前有后。什么花压什么叶，都是不能改变的。所以有了行话——穿枝过梗、差开色不靠色等行规。人们学艺受到文化水平的限制，只能按照师傅教的来做。还有就是做设计师要有相当的绘画艺术功底。只会照着拓是不行的。图案平摆浮搁，把平面的画，转换在圆的体积上，由于透视的原因，肯定会变形，弄不好，就会嘴斜眼歪。这就增加了景泰蓝做人物的难度。

再有，传统景泰蓝的工艺过程是固定的，分为打胎、掐丝、点蓝、烧蓝、磨光、镀金几道工序，分工制作。能够制作又能设计的人非常稀少。解放前后的一些著名老艺人也只是能够设计和掐丝。谁也没想过改变或减少哪道工序。甚至于缺了哪道工序，还是景泰蓝吗？在点蓝的过程中，不免会出现粉尘，烧蓝中也难免会出现气泡。这些污点出现在花卉、动物身上还不显眼，如果出现在人物的脸部，就是废品。这也增加了做人物的难度。

改变工艺，难。绘画的语汇是线条和色彩，而景泰蓝的语汇则是铜丝和釉料。用眼睛作为例子，在工艺上，眉毛不能像工笔画一样，做成一根根的，必须用框框来表现。如果做成铜丝的框，再配上铜丝的眼睛，镀上金，所有的线条都是金色，人物就成"金睛火眼"了。文化大革命时，有人提议，景泰蓝也要表现工农兵形象。其结果，反倒被许多人认为是丑化了。自此，人们放弃了用景泰蓝做人物的想法。而李新民做过多次试验，人物不镀金，只烧二遍火，就使铜丝变成了黑色，便于人物的表现。同时，釉料画面还有一种浮雕感。

李新民为了追求亚光效果，不抛光。他根据作品的需要，在深色的背景中，不镀金反而镀银，让线条跳出来，形成强烈的反差效果。衡量作品以艺术为标准，而不是固有的条条框框。有了这些框框就无法做人物。形成固定模式，就不是艺术。

做人物更难，因为人最了解人。俗话说，画人难画手。景泰蓝人物不敢太暴露。多穿衣服没关系，有了服饰就有了花纹，可以多加锦地，避免出现大面积的釉料，影响质量。这里的奥妙，叶圣陶先生半个世纪前的《景泰蓝的制作》，有过形象的描述："铜丝粘在上面，涂色料就有了界限。譬如柳条上的每片叶子由两条铜丝构成，绿色料就可以填在两条铜丝中间，不至于溢出来。其次，景泰蓝内里是铜胎，表面是涂上的色料，铜胎和色料，膨胀率不相同。要是色料的面积占得宽，烧过以后冷却的时候就会裂。还有，一件器物的表面要经过几道打磨的手续，打磨的时候着力重，容易使色料剥落。"曾经有人试着做过露胳膊露腿的人物，结果胳膊比腿还粗，比例失调，还有什么艺术性可谈。至于制作工艺和质量就更难以保障了。

难则难已，人物却最能反映现代社会。景泰蓝要把工艺品与现实生活结合起来，艺术要与时代结合起来。经济基础变了，艺术为什么不变呢？固守传统，无异于绝自己的路。变者生，不变者死。

景泰蓝更为强调设计师的作用。好的设计师既要在作品的造型上有创造性，又要熟悉工艺过程的每一道工序。犹如作曲家，既要创作，又要对乐队的每个声部，甚至每件乐器的表现力都要熟悉一样。在工艺过程中，再对每一道工序严格把关，才能制造出完美的作品。

名称来历

改变了工艺还是景泰蓝吗？

景泰蓝，也有人称为珐琅器。在我国，景泰蓝称之为铜胎掐丝珐琅，因其釉料颜色主要以蓝色为主而得名。它是一种瓷与金属相结合的独特工艺品。

景泰蓝与珐琅是同义语，但两者还是小有差异。《现代汉语词典》对于景泰蓝的解释："我国特种工艺品之一，用紫铜做成器物的胎，把铜丝掐成各种花纹焊在铜胎上，填上珐琅彩釉，然后烧成。明代景泰年间在北京开始大量制造，珐琅彩多用蓝色，所以叫景泰蓝。"《辞源》则释为："美术工艺品，制法于铜器表面涂以珐琅质，烧成各种花纹，花纹四周或嵌银丝，明代宗景泰时，制作极精，故称景泰蓝。今京师仿为之者犹仍其旧称。日本人谓之七宝烧。"

而珐琅，《现代汉语词典》则释为："用石英、长石、硝石和碳酸钠等加铅和锡的氧化物烧制成的像釉子的物质。涂在铜质或银质器物上，经过烧制，能形成不同颜色的釉质表面，用来制造景泰蓝、证章、纪念章等。"

所以，景泰蓝强调的是工艺性，而珐琅更侧重的是外表的材料。珐琅是用铅丹、硼酸盐、玻璃粉等原料化合熔制而成的不透明或半透明的光泽物质，它加上不同的金属氧化物，就变成不同颜色的珐琅，也就是珐琅彩。

可以说，景泰蓝的制作工艺，既运用了青铜工艺，又利用了瓷器工艺，同时大量引进了传统绘画和雕刻技艺，堪称中国传统工艺的集大成。

对于景泰蓝产生的年代，现有三种不同的说法。一说景泰蓝诞生在我国，早在唐代就有此种工艺制作。但波斯的博物馆里，存有2000多年前的珐琅制品。

一说始于元朝，忽必烈西征时，从西亚的阿拉伯一带传进中国，先在云南一带流行，后得到京城人士的喜爱，传入中原。也有说是战争带回了工匠，留在京城。还有说是由传教士自中亚传入。当时称之为"大食窑"器。我国古代工匠们很快就掌握了"大食窑"的制作技艺，与我国本土的传统工艺相结合，几经改良，发扬光大，制作出了具有民族特色的崭新的金属胎掐丝珐琅器———景泰蓝。现存最早的景泰蓝是元代的产品，由此可见已有近千年的历史。但也有人对此件藏品的断代执不同的观点。古时，珐琅的译名有十几种，如佛菻、佛郎、拂郎、发蓝等。明代的小说《今古奇观》里就有描写，波斯人拿着"发浪"的酒具。

　　一说最早创于明代宣德年间，即1426年至1435年，盛行于明朝景泰年间，即1450年到1456年，特别受到皇帝的青睐，以至宫里许多御用器具都改用景泰蓝。在此期间，工匠们找到了一种深蓝色的蓝釉材料，称为佛头蓝、宝蓝，现在称为孔雀蓝、宝石蓝，用这种材料制作的工艺品端庄富丽、沉着大方。这就是今天依然还在使用的"景泰蓝"。同时因蓝色珍贵，故而后人约定俗成，将该类金属胎掐丝珐琅器称之为景泰蓝。北京是景泰蓝技术的发源地，尤以明朝宣德年间制作的最为精致。但也有人认为，当时使用的釉料非常光亮，颜色纯正，国人难以企及，推测可能是舶来品。

　　目前大多数人接受传入说。而景泰蓝在短期内能有这样的成就，主要原因是当时中国已具备了铸铜等冶金技术及玻璃、琉璃的制作知识，且懂得控制锻烧的温度，为景泰蓝的发展创造了良好的条件。

　　按照我们的理解和界定，景泰蓝应该是珐琅釉和金属的结合物。仅此，还远远不够，人们会依照这个意思去理解成搪瓷，因为它也是瓷与金属的结合物。这并不是有意贬低景泰蓝，而是现今我国的景泰蓝制作确实有这个趋势。同样的作品大批量的制作，成为工业品。更为难以理解的是，很多制品较粗糙，设计和做工都差，对于那些大量充斥市场的景泰蓝，有人谑称"景太烂"。

　　这不能不使人想起在民国时期，景泰蓝行业只剩下老天利、杨天利少数几个有点儿规模的企业。日本侵华期间是最低潮，景泰蓝制作偷工减料，人们戏称为"河漂子"。刚解放，政府邀集梁思成、费孝通、徐悲鸿、林徽因、吴作人等一批专家、教授，对景泰蓝的形体、花样、颜色进行改良。此举对景泰蓝的发展起到了深远的影响。

重要的是，这些大家为景泰蓝注入了艺术性。

景泰蓝是中国的传统行业，要保护。沿袭，只能使这个行业萎缩。要保护就要发展。

创新杰作

正应了他的名字。李新民的意识里也有一个新字。

早在1992年，他就设计制作了一尊2.03米高的景泰蓝《渡海观音像》。观音身着蓝灰色的掐丝竹叶披风，右手执东陵石雕成的云柳，左手托着青云净瓶，冠嵌着一尊玉佛，脚踏莲花。这么大的人物像，在景泰蓝的历史上是绝无仅有的。工艺上，难度很大。打铜胎儿就是个大问题。他化整为零，分成了36个模子合焊在一起。精度要求很高，每一块尺寸丝毫不能差，必须严丝合缝。凸凹一点儿，都会影响人像的外观。烧活也是个大问题。为做此像，单修了一个3米高的炉。

在设计上，李新民在观音的面、胸、手、足，以及披风的内衬上，没用传统满地掐丝的工艺，而是采用素铜镀金，使整体有一种庄严肃穆的气氛。在衣纹的处理上，他用加铜丝的方法增加了中国画线描的手法，视觉上加深了效果。

渡海是动态。渡是通过观音衣服的飘动表现的。按照写实的笔法和传统的工艺，衣服应该是一层铜片。这样出来的效果会很单薄，且经不得磕碰。深谙雕塑艺术的李新民，设计时强调整体感。他把衣服飘动的地方全"堵"了起来，使人物及所有的饰物浑然一体。西方的一个艺术家曾经说过，从山上扔下来不损坏的雕塑，才是好的作品。中国历史上自汉唐流传下来的杰作无不如是。

追溯动因，他曾遇见过一位警察，无意中说的一句话：多一个信佛的，就少一个犯罪的。他由此萌生了要做一尊观音像的念头。他构思了 6 年。李新民的足迹遍布全国。他多次到山西双林寺、河北兴隆寺采风，吸取了明代人物的造型。佛像最为关键的是"开脸"。最后，他取材洛阳龙门石窟卢舍那佛的面部造型设计而成。观音慈祥、端庄、圣洁，仿佛母亲一样，既和蔼可亲，又令人肃然起敬。

浑身宝石、松石、玉、镀金，更显出了高贵。初次做这样大的作品，谁也没有把握，为了防止意外，他做了三尊，可能是精诚所至，均一次成功。这三尊观音像刚落成，就分别被台湾和香港的客商买走。北京仅存一尊。当时的媒体对此进行了大量的报道。新华社称为"独一份"。《解放军报》称为"国宝"。

穿跃时空。30 年前，李新民与同伴合作的《红楼十二帧》，曾得到红学家周汝昌、收藏家徐邦达的赞扬："立意、做工都不次于'月漫清游'，后生可畏呀。"月漫清游是反映宫廷生活的 12 幅国画。当年乾隆皇帝非常赏识，并配以诗文。

1973 年，李新民风华正茂。他想把《红楼梦》里众多的人物用工艺美术表现。他有了这个想法，就去找红学专家。文化大革命还没有完全结束，有关的专家各有说法。最后找到了周汝昌。周先生很是支持。这让李新民喜出望外，但《红楼梦》这样一部巨著，用若干个画面概括，又觉功力不够，希望周先生给出题目。周先生对他们寄以厚望说，青年人有闯劲，大胆干吧！

李新民大出意外，又兴奋异常，便一头钻进了《红楼梦》里，一口气读了 5 遍。一个初步的构思渐渐生成。他便打了报告，向厂长说明了自己的创作计划，准备出差，到外地采风。厂长看到他的热情，很是支持。他带上几十元就离京南下。那时的出差很苦，厂里只报销车费、住宿费。饭费每天补助三毛钱。而实际花费要大于补助。所以，他出一次差，要还一年账。

他与同伴这次出差，准备在南方大量收集素材。一去就是 40 多天。为找《红楼梦》的外景，他最先到的是苏州。他找到当时的苏州市革命委员会宣传部。部里一位同志正在看《苏州地方志》。李新民说明了来意。那位同志很支持，对李新民说，我给你开封信，你可以到苏州的公园免费参观。接着拿出纸笔，抬头写下"各个公园：……"李新民高兴极了，拿着这封介绍信，走遍了苏州大大小小的公园，串遍了苏州的大街小巷。

在苏州，他画了大量的素描，照了很多照片。印象最深的是苏州园林狮子林里隔扇上的硬楞子。它比一般窗棱复杂多了，而且没有规律可循。在背景里，他采用了硬楞子作为隔扇。这一图形，他画了3天。

他把一部《红楼梦》浓缩为12个画面：宝玉摔玉；元妃省亲；黛玉葬花；宝钗扑蝶；鸳鸯铰发；芦雪亭联句；尤三姐殉情；检抄大观园；鸳鸯女遇鸳鸯；抚琴悲往事；杜撰芙蓉诔；黛玉焚稿。每一幅的材料是3厘米厚的象牙浮雕。有30厘米宽，90厘米长。人物众多，廊回曲折，透视感强。而且每幅都配以一幅周汝昌的题字。图文相映成辉。每幅用工3个月。

这幅作品刚做成，便被国外买走，现在不知去向。这在李新民的心中是一大遗憾。他很想再做一个，了却心中的遗憾，但一是没有资金，更重要的是原始资料丢失了很多，仅存有一些复印出来的图片。

国外发展

景泰蓝在欧洲很流行。法国、德国、意大利都有大量的珐琅艺术品馆藏。

匈牙利的科奇科美特，每年举办一次国际珐琅艺术节。世界各地的景泰蓝艺术家都会云集于此。中国接到过两次邀请。李新民作为大师到那里考察过一次。我们了解了世界，世界也了解了我们。后来，艺术节就不再邀请中国了。原因是艺术节不能出现工业品。这一点，让李新民很受刺激。

虽然只是一次，却令李新民耳目一新，眼界大开。他们的作品色彩漂亮，珐琅纯度很高。釉料能多达几百种，是我们的十几倍。制作方法多样。掐丝还是不掐丝，要根据作品的需要。欧洲的设计师已经在充任制作者。参加者甚至可以自带材料、工具，或是由举办方提供，现场制作。个性化与艺术性都达到了极高的程度。有些大大超出了人们的想象，那些现代派的作品，故意扭曲的设计，让人们甚至怀疑，这还是景泰蓝吗？不论是生活题材还是宗教题材，艺术含量非常高。比如有一件宗教题材的制品：落日的余辉，映衬着修女的身影，融在一片金线编织的教堂里。设计者巧妙运用了铜线镀金的效果，使修道院显得格外庄严辉煌。

艺术节上，同是东方的日本，虽只带去了几十件作品，却格外抢眼。其高超的艺术性和精致的品质，足以打动人心。景泰蓝在日本叫七宝烧。七宝大约泛指 7 种釉料。据说是由中国传过去的。在什么年代，无可考证。有人猜测，是战争或其他的因素，经朝鲜半岛，传到日本。手工艺品，人的因素极为重要。

上个世纪曾出现过景泰蓝泄密事件。20 世纪 70 年代，日本人曾参观过北京工艺美术工厂，看了景泰蓝的制作。釉料、打胎儿、八卦炉、锦地、砸克儿机等都参观过。后来有位记者在国外的报纸上发表文章，把景泰蓝与宣纸一块儿，说传统工艺外泄。到了 80 年代，中央把这一事件当成典型，开始调查。断断续续，经过近 10 年的调查，结果是技术没有外泄，反而落后于人家。

李新民看过日本的制品，知道人家在设计和工艺上比咱们都强。咱们是工业品，人家是艺术品；咱们制作较粗糙，设计模式化，人家制作精细，设计独特；咱们多为铜胎儿，人家多为银胎儿；咱们掐丝突出来，人家的丝嵌在釉里；咱们的釉料颜色发闷，人家的釉料艳丽、丰富、透明，有的能看到胎。人家制作的一件作品，精致到无可挑剔。设计的思路上没有人家广，制作的精细程度没有人家深。这些不是一时半会儿可以学习改变的。

本来就不如人家，还有什么秘密可保。《北京志》上载："1993 年 12

月 6 日，经中国全国轻工总会保密委员会批准，景泰蓝工艺不再属于国家秘密。"景泰蓝至此宣告解密。

对于日本，不少人认为，景泰蓝的祖先在中国，工艺的根在中国。当年中国人把珐琅进行了改造，创造出了景泰蓝。日本人学习了景泰蓝，把它变成了七宝烧。日本的七宝烧大师高桥通子还到中国传授过工艺。李新民让职工学习，咱们的人还不愿意学。后来有人曾经学着做过七宝烧，但怎么也做不好。原因在于，一个民族有一个民族的文化。文化艺术可以学习，但不能照搬。

前几年，李新民到过日本。日本的七宝烧工艺水平极高，一些器皿、饰物做工极为讲究。最大的工厂只有 20 多人。那里的工艺美术家，一年只做几件制品，保证件件都是精品。釉料色彩亮丽，外表光亮照人，让人不忍触摸。图案设计以花卉为主，但都形象逼真。有一件作品，图案为水里的金鱼，动感极强，仿佛在翩翩游动。

七宝烧的工艺也很严格。毛坯根本看不到接口。看了日本的七宝烧，才知道什么是精工细作。据说，一件好的七宝烧，可以换一辆汽车。

不解之缘

鉴于对景泰蓝的深入了解，李新民在景泰蓝的创作上更为注重艺术性。他反对因循守旧，不能只重工，不重艺，一定要注入文化内涵。他大胆想象，最先在瓶瓶罐罐的图案上进行设计，使制品融入了艺术性。

《玉花瓶》取材李清照《如梦令》。他对"误入藕花深处。争渡，争渡。惊起一滩鸥鹭"有极深的理解。《宝兴瓶》是以少女与鸽子作为装饰，表现了清纯、和平、和谐的主题。《银兴瓶》是件倒梯形的瓶子。上边是几缕春风拂动的柳条，下边是一只展翅下飞的白鹭，极具动感。

最能体现李新民设计思想的是《太白瓶》。它原来的图案是花卉。李新民也觉得奇怪，"太白瓶"怎么没有李太白呢？他对这款瓶的图案重新设计，把"举杯邀明月，对影成三人"的太白邀月画在了瓶子上。这一变革，增加了瓶子的艺术含量，使得这款瓶成为上世纪 90 年代最畅销的产品，取得了出乎意料的效益。之后，很多人在仿造这款瓶，但大都做不好。李新民接到过不少邀请，要他去指导。说到此，李新民笑着说，做不好的原因主要在于艺术功力。做人物，不仅正着看，还要从头顶往下看，才能看出人物正不正。

他对古典诗词很感兴趣，还想把崔护的《题都城南庄》中的"人面桃花相映红"运用到设计中。尤其是"人面不知何处去，桃花依旧笑春风"中那段儿感人故事，在他的心中擦抹不去。辛弃疾的《破阵子》中的"醉里挑灯看剑……"也激动着他的心。

能把这些意境深远的诗词转化成图案，需要有深厚的美术功底。他跟美术有一段不解之缘。

1941 年，李新民出生在河北藁城。1949 年到北京良乡上学。父亲在这儿的京华美术学院教美术。那时，李新民悄悄喜欢上了美术，经常偷偷画画。有一次父亲给学生布置了作业，画良乡的昊天塔。李新民也画了一张，夹在父亲收上来的作业里，想看看能得多少分。父亲在这一摞作业里，给了三个满分，其中就有这一张。李新民看了后，非常高兴，对父亲说，这张是我画的。父亲很生气地说，你添什么乱！

自那以后，李新民更爱画了，还经常在学校得奖。

父亲本想让李新民考大学。初三那年，他趁父亲不在，报考了工艺美术学校。老师问："你家里人同意吗？"他说："同意。"

良乡离北京不近。那时还是长途汽车，一天开不了几趟。考试那天清晨下起了大雨。他赶到汽车站刚好过了 7 点。李新民想，完了，便踩着泥泞的路，懊丧地往回走。迎面正好过来他的老师，问明原因后就说："你干嘛不等下一趟 9 点的车呢？是晚了，碰碰运气呀！"

李新民赶到考场已经 10 点多了。幸好还没考完。他说完了情况，央告着说："让我试试吧。"监考老师动了恻隐之心说："时间不多了，考题是对称的装饰图案，你画 1/2 吧。"李新民坐在位子上，一看表，时间太紧了，他灵机一动，画了1/4。

第二天还要考素描。他怕再晚，干脆就睡在了火车站。十几岁的他，过度紧张，加上天热中暑，恶心、吐。晚上，他敲开药铺的门，买了瓶十滴水喝，才稳住病情，坚持到天亮。考试的感觉还可以。他回到学校等待。

十几天后，邮递员来叫李新民，是工艺美术学校来的信。打开一看，里面写着：新同学，欢迎你。他兴奋地对同学高声叫喊：我考上了，我考上了！

一连串的巧合，使他走上了工艺美术之路。

1962年，他毕业，被分配到了北京工艺美术工厂，10多年后到了市工艺美术品总公司，又10年，被调到北京市珐琅厂任总工艺美术师。几十年的艺术生涯，他搞过玉雕、牙雕、金丝镶嵌等多种行业的设计，掌握了多种工艺门类的特点。他的国画和版画也是很有功力，意境深远，多次在中国美术馆及国外展览，专业媒体也多次对他做过介绍。正是博采众长、融会贯通，才拓宽了他的思路。他相信唐代诗人杜甫的学习方法，"转益多师是汝师"。

作为珐琅艺术的掌门人，他深入了解了景泰蓝的现状，研究了景泰蓝的工艺和市场，根据世界三大宗教的覆盖面，挖掘其深厚的内涵，提出了景泰蓝华夏文化、穆斯林文化和欧美文化三个系列产品的发展方向。在景泰蓝的展室里摆放着风格各异、色彩不同的展品。这些产品在当时纷杂的市场中，为景泰蓝的发展开拓了一条道路。设计人员有了一个明确的方向。并且，他用身体力行的设计和作品赢得了市场。

生活动力

李新民是工艺美术大师、艺术家，也是性情中人。他讲话的声音很柔和，走起路来也很轻快。其实，他脾气也大。这也导致了他情感生活的破裂。

有句俗话：女大一，抱金鸡；女大三，抱金砖；女大五，赛老母。媳妇大他两岁。按一般的道理，家庭和谐有了一半的基础。媳妇是父亲的学生，早年失去了双亲。父亲看她孤苦零丁，十分可怜，便做主让她做了儿媳。孤儿的生活艰难，历练了人生，也培养了她极强的个性。李新民的脾气也不好，急了还骂人，俩人经常吵架，有时不能正常上班。情绪极端时，李新民摔锅，她再补上一锤。

李新民结婚时 20 岁。她没有工作。生活就靠李新民的 37 元。有了三个孩子，家里的生活更是拮据。再加上他常出差采风，往里赔钱，日子更为艰苦。有一次过春节，他把面票弄丢，痛苦极了。家里正等着包饺子，这个年怎么过呀？大年三十那天，他来到厂里的食堂，在记账单上赊了二斤饺子，又到商店，买了瓶 1.5 元的香槟酒，骑上自行车，冻着手，回到家，把酒瓶往桌上一蹾说，咱们过年！他看着一个四岁、一个一岁的孩子暗暗落着泪："我个大老爷们儿，怎么连个家也养不起呀！"

妻子后来找了一份每月挣 20 元的工作，生活上好了些。前两个孩子都是爷爷奶奶带大的，与他们的感情也很淡漠。

生活的困顿和情感的拖累，使李新民的寄托转移到了艺术上，他可以把全部的精力集中在创作上，在艺术构思中去寻找快乐。他设计渡海观音，不妨看作是情感的寄托，是想通过塑像，去抚慰更多人的心灵。为了做这尊观音像，他住在京郊的窦店，5 个月没回家。石膏沾满他的全身，"转腰龙"转到眼睛上，也不在乎。医生说，再来晚点儿，眼睛就该瞎了。

直到 1994 年，他觉得孩子们长大成人，才正式与媳妇分手。走时，他撂下一笔钱和房子，拿着几本书，只身离开了家，在单位过起了单身生活。

两年后，有人给他介绍对象，比他小 10 岁，是个老姑娘。他有些害怕。经过长时间的了解，人很老实，脾气温顺，很有教养，他放心了。

有一次，朋友借了他一套 24 式太极剑法的书。他们准备练，就一块到商店去买剑。男人到商店总是直去直回。女人则要转个遍，看这问那。时间一长，李新民急了：怎么那么啰嗦，爱买就买，不买就走。说着，大步就往外走。售货员在后面对她说：那个老头怎么这么倔！事后，李新民也觉得有点儿过。之后还有很多小事，什么丢了东西赖她等等，她从没发过火。他心里很得意。这样好的脾气，算是找着了。

老年人结婚不是一件容易的事。每次说起这个话题，孩子们不是反对，就是故意岔开话题——持续了4年。1998年，他们喜结良缘。

前两年，李新民退休。女儿在国外生小孩，让他们到国外连看孩子再度过晚年生活。有人劝李新民夫妇二人去，说这可是融洽母女关系的大好机会。他们去了。在国外，生活非常优越，也有华人聚集的场所。李新民总觉得不对劲，心里好像缺点儿什么。一次，他对女儿说，放不下景泰蓝，还有那么多的事要做，很多设计想法没有实现，2005年还想准备举办景泰蓝个人作品展。这里真的待不下去。一片好心的女儿终于理解了父亲的心思。

他们又回到了国内。生活上差了许多。家又远，时常住在创作室里，吃喝凑合，冷热就睡在办公桌上。有生之年，他就是想把一生的想法和一身的才华表现出来，希望景泰蓝行业能有巨大的改观。自己也曾试着闯荡过，但限于资金的不足而未果。他不死心，依然执着，把仅有的积蓄拿出来，用在了景泰蓝的制作上。做过几百个艺术挂盘，限于行业的现状和人们浮躁的心理，以及他很高的艺术追求，大量的作品都成了废品而扔掉。这无疑加大了成本。

他很得意有一个好妻子。大事面前，即使是动用了积蓄，她都是一句话：听你的，生活上过得去就成。李新民非常知足。她给了他一个良好的创作环境。其实，心情比环境更重要。

我让他形容一下她的相貌。

他说，一般。

不会是搞美术的眼光太苛刻了吧！有相片吗？

他从抽屉里拿出了一张。这是前几年他拍的：公园，雪后初晴。松树衬托着一张圆圆的脸，红红的。这使我想起了他要做的艺术挂盘——人面桃花。

他的艺术挂盘出现那么多的少女。我想，这是对美的向往，是美好心灵的萌动。

但愿这种心灵能够长久，使景泰蓝出现更多的艺术精品。

高仿瓷中访高手

创业史

李广琪是北京古玩城做仿瓷的高手。高到什么程度，真不好定。说低了没劲，说高了是在胡侃。这么说吧，他手里只要拿件瓷器，别人的第一感就是他做的。一回，他从别人手里花60元买了件明代的罐，正巧一位国家级的专家来做客，他便拿出了这个物件请他掌掌眼。罐子在手中翻来覆去……约摸一支烟的工夫，专家终于慢慢吐出字来：做得还像，只是画得不太好。李广琪乐了，不敢再把玩笑开下去，只得委实相告。

李广琪的手艺高，可岁数并不像想的那样大。他是1955年的羊，20世纪80年代中期辞职，跟随父兄干起了工艺瓷这一行。1988年，古玩城要建工艺品市场，特意从红桥市场请过八家生意做得好的来开拓市场。这八家成了后来古玩城著名的老八户。至于现在只还有三户，那是后话。李家作为其中的一家也来到这里。

那时，这里绝无现在这般宏伟的景象，真是天壤之别。过去这里叫老虎洞，据说地名与老虎真有关系。荒凉程度，可以想见：一片荒地，蒿草没人；晴天土满天，雨天泥满地。通往这里的只是一条土路。晚上，没有路灯，漆黑一片，只有几间木板房静静地守候在黑暗中。两年前，这里搞过农副产品批发市场，没成；又搞摩托车市场，被取缔。旧货工艺品市场能否建立，谁的心里也没底。市场的管理人员担心，旧货是不是文物，能不能拿到公开场合买卖，万一犯忌，肯定取缔。经营户也犯愁，三天见不到一个人，哪儿来的生意。李广琪更不好过，一个花篮瓶或万地金花什么的，也就只卖五六十块，虽然能从红桥带过一些前苏联客人，但价钱总是低位，无异于脱砖坯。他不明白，都是一件，别人的瓷器怎么就能卖到上千元？

市场管理者摸着石头过河，出台了一系列优惠政策吸引商户。商户以这里为仓库，纷纷往这里带客人。渐渐，这里有了人气，经营者也增加到八九十户，初具市场规模。1989 年，借着改革开放的春风，这里正式命名为北京市劲松民间艺术品旧货市场。人一多，相互之间就有个感染。也就是在这里，李广琪与其他经营户接触、交流、切磋、探讨，渐渐找到了感觉：瓷器必须是名人名家制作成的名品，才会超越普通的瓷器，才具有观赏和收藏价值而身价百倍。

市场创造了商机。李广琪决定在仿古瓷上一试身手，于是南下瓷都景德镇，在那里租了间作坊，买下了机器设备，雇了几个手艺人，再从北京带来明清瓷器对照临制，开始走上了仿制古瓷之路。

这条路坎坷不平，蜿蜒曲折。瓷器的发展历经上千年，技术不断更新换代，手工制作，明清达到了顶峰。那时，一人几天拉一个坯，20 天一窑瓷再正常不过。然而今天，一人一天可做上百件坯子，8 小时就可以出一窑瓷，怎么相比呢！而正是科技的发展，使得现代瓷器的内在与外表有着明显的不同。现在的梭子窑烧的是煤气，温度上升快，4 小时就能达到1300 度，烧出的瓷器，釉面薄，杂质少，光洁度高，清澈亮丽。在现代化规模生产面前，景德镇已无任何优势可言。然而，这些瓷器只能叫艺术瓷、工艺瓷、陈设瓷、装饰瓷。此路的前方是花蓝瓶的覆辙。要想搞仿古瓷必须完全按照传统工艺来制作。时代过去了那么久远，景德镇已经把小作坊组合成十个大工厂。传统工艺失传了，要想追回上百年前的工艺已是难上加难。只有遍访老人，查阅资料，反复试验。

瓷盘做了一个，又砸碎一个……

时间在他的生命中一天天一月月地划去……

在时间与瓷片之上，在书籍与专家之中，他掌握了必要的知识。明清烧瓷用的是松柴窑和煤窑，要烧上七八天，才能达到1300度。停火后，要一块砖，一块砖地撤，这才能有桔皮绉的效果。由于煤里含有二氧化硫，与二氧化硅发生化学反应，容易出现"吸烟"的现象，造成瓷器发黑，烧窑时要积累经验。古时的釉水和陶泥与现在的不同，所含的杂质比现在多许多，矿物质不同，烧出的瓷器当然就会有差别。为达到逼真的效果，必须按古时杂质的比例调制出现在的配方。手工拉坯的方法也要恢复到传统做法和制作工艺上去。每一个细节，李广琪都要做无数次的试验，否则，哪怕是些微的差异，也会留下万般的差别。

绘画又是瓷器的另一大难题。俗话说三分制坯，七分绘画。画是脸面上的活，像与不像一目了然。要画出古时的风韵，绝非一日之功。元代绘工粗放，用笔雄豪遒劲；明代钟情大写意，一笔下来有骨头有肉，酣畅淋漓；清代注重双钩线和工笔，清秀典雅；到了民国时期，逐渐突出了民俗图案。此外还有造型、胎釉、纹饰、装烧工艺、彩料、款识等细节，耗去了李广琪的大量心血。

冬夏春秋，历经无数次的试验，李广琪从这条满是碎瓷片的道路上走了出来。

元青花出来了，终于出来了。如果说，"220"即通常说的红药水，记录了科学家试验的次数，那么李广琪砸碎的一千多个盘子也记载下了他的千辛万苦。他捧着元青花，一年多的经历涌上心头，悲喜交加，禁不住泪如雨下。

元青花拿进京城，果真卖了个好价钱。虽然与他一年多的投入相去甚远，但这是一个信号，预示着市场对他的认可。他兴奋极了，连夜南下景德镇……

当他押着一车仿古瓷器来到市场，不到两个小时竟被一抢而光。他的心踏实了，一年多的辛苦没有白费。这条路走对了。

此后他一发不可收：从盘碗瓶炉盒，到杯碟盅盏壶；从明代造型古朴浑厚、小巧玲珑的日用器皿，到清代贴近生活、回归自然的大型器物；上起宋元，下至明清，品种越做越多，技艺也日益完善，就连令世人咂舌的永乐青花压手杯也不在话下。

　　市场进一步打开。国内外的客户开始认他的产品了。

　　李广琪真赶上了好时候。国家改革开放的脚步越走越快，古玩可以光明正大地在市场上流通；宽阔的三环路修在了市场的旁边，绝无老虎可言了；破旧的市场一改旧貌，有两万多平米的四层高楼拔地而起，堂而皇之地命名为古玩城。商户增加了三倍，客人每天川流不息。李广琪的生意也日渐红火。不仅国内人认，外国人或海外华人也开始购买。他的产品流向日本、泰国、新加坡、菲律宾、马来西亚，流向欧洲，流向北美洲，流向大洋洲。

　　他的技术也达到炉火纯青的程度。有个故事可以佐证。那次，他带着一些瓷器乘飞机，结果被扣住了。检验的专家告诉他，这是元明时的国宝，属于国家明令禁止出口的瓷器，任他怎么解释也无济于事，就是不准登机。他急了，拿起这些瓷器哐啷啷摔在地上：这是我亲手做的。专家一下惊呆了。事后，这位专家在报纸上发表文章，惊叹当今的仿古瓷技术已经到了登峰造极的地步。

　　李广琪可以大发横财。捞偏门的、走穴的，谁不想捞一把是一把呀。他不，只收工钱、料钱。做生意是要赚钱，但要赚在明处。前几年，一个朋友在外地人的摊上看上一件观音像，跑过来找他掌眼。李广琪到那一看，虽然有点残，但从瓷泥、造型、窑工、绘画上看，极为精致，肯定是乾隆年代的文殊观音，是个漏儿，前几年，相差无几的曾卖到几万元。他与朋友合伙买下，各掏七百五，条件是先拿走观音像去当样板，照着仿制。当仿制好的观音像拿回来一摆，朋友也分不出来哪个真，哪个仿。李广琪笑着把真的送给朋友，仿的只卖三百五。

人们关心古玩的真假。曾经有专家提出过文物也要打假。但这样会失去古玩的本来意义。它与生活必需品的真假有着质的不同。仿制也好，复制也罢，历来是一门特殊的艺术，需要有人来继承。宋元明清以来都仿过前代的器物。但近几十年来瓷器的仿制艺术失传了，就连瓷都景德镇也早就告别了传统工艺、走上了现代瓷的道路。李广琪觉得不是滋味：祖国的传统工艺，文化遗产为什么要丢掉呢！达·芬奇的《蒙娜丽莎》世界上只有一幅，那么多人喜欢怎么办，只有复制。目前世界上有近百张复制品存世，依旧有它的价值，满足人们的需要。张大千是仿石涛的高手，而他从石涛那里学到了独到的笔法，发展了中国的国画艺术。把祖宗的文化继承下来是我们的责任，既弘扬了民族文化，又带动了一方经济。景德镇当年经济发展很慢，只有邮局有那么一两辆汽车。十大瓷厂每年上缴利税600万。现在遍街全是小作坊，上缴利税近2000万。如果这些仿制品再大踏步走出国门，将会给国家带来多大的收益。

至于以假当真那是个道德问题。李广琪的信条就是：想学做生意，先去学做人。他反感那些投机取巧的人，尤其看不下去用复制品去卖高价。一次，一位顾客拿着一把军刀让他掌眼。一问价，8000。他告诉顾客，这把刀也就值120元。顾客感激万分。

古玩城来之不易，如今已名扬四海。这里的一砖一瓦、一草一木都有商户的血汗，而商户的生意又依托古玩城的名声而播向海内外。有了市场才有了一个个小店的今天。谁能离得开谁呢。市场是大家的，每个人都有责任维护它的美名。

那年，美国总统克林顿访华，特意安排到这里购物，这是每一个古玩城人引以为自豪的。它标志着古玩城十年后的成熟。李广琪的高仿瓷也声名远扬，遍及世界的每个角落。只要有华人聚居的地方，就有他的产品。喜欢广琪手艺的人越来越多。活好，价也实在。仿制也有它的收藏和观赏价值。不是什么都越老越值钱。在他的门店"藏珍阁"中，除去自己的作品和名窑外，还有一些元明时的民用品，什么高脚碗、饭碗之类。论年头不短了，他却把这东西放在高而窄的窗棂上。别人有点担心。他却告诉你，一点也不值钱，没有什么价值，只有在造型、颜色、做工、画艺上有深刻内涵的作品，才会有收藏和欣赏价值。

李广琪的意愿就是想让那些喜欢古玩而又囊中羞涩的人家摆上心爱的器物。

盛世收藏。他相信老百姓的生活会一步步走向富裕。尽管经济紧缩，谁都喊买卖不好做，但他并不觉得那么难。

因为有了古玩城，有了这么好的市场。

初涉拍卖

李广琪的心中郁着一个结。

尽管他做的高仿瓷已经很有名气了：名噪京城，远播海外。但终究这是他的第一次拍卖，第一次在大庭广众面前拍卖自己的作品。换句话说，这应该算是首次高仿瓷的专场拍卖会，人们能接受吗？

他心中一点儿底也没有。最初他能应下来是带着点儿无奈，后一转念，倒也不妨试试。这也可以看看人们对高仿瓷的认知度，同时也让专家了解高仿瓷和制作到了什么水平，让以假乱真者没有市场。

他没进过拍卖场，对拍卖会场不熟悉。但他知道，现在的拍卖会没有全部成交的，正宗拍卖公司的成交率能有五六成就算相当不错了。他怎能与拍卖公司比呢！何况又是仿制品。而且这次的拍卖不过是中国古玩艺术博览会上的一个"节目"，能卖上几件就算不错了。李广琪大致算了一下：往好了说，平均按5分钟卖一件的话，两个小时也就卖上二三十件。

他按照最好的设想，提前半年开始准备了。他想，不管结果怎样，一定要把代表他制作水平的作品拿出来。他很是精心：形状上有尊、瓶、壶、罐、香炉、人像；色彩上有豆晴、影青、天晴、青花、酱釉、描金、珐琅、粉彩、斗彩、素三彩、堆料粉彩、紫地落花；内容上有流云百福、洪福齐天、清白廉政、历史故事、风土人情、江南秀色、佛教用品……挑来筛去，竟还有 46 件，再少就没有代表性了。准备很是充分了。

离拍卖会的日子越来越近，各种事情也越来越多。印宣传册、搞预展、请拍卖师……虽然认定了要赔，也得照真来做。李广琪忙得不亦乐乎。

这天是 2001 年 9 月 23 日，第四届北京中国古玩艺术品博览会在古玩城拉开序幕。李广琪的历代官窑高仿瓷拍卖会也开了场。拍卖会很是简陋：露天的会场；几张饭桌一拼，上面铺块白布就算是拍卖台；背后拉上条红布横幅就算是背景了；百十张折叠椅往那一摆就算是拍卖场了。万万没有想到的是，这个简陋的拍卖会却聚来了众多的人。椅子上坐满了人，周围的"站票"把拍卖场又围了个水泄不通。中间架起了 6 台摄像机。各地古玩业的老总、行家名列其中。人们期待着拍卖师的出场。

人越聚越多，李广琪慌了。他怎么也没想到能来这么多人。这可怎么办？他心里的鼓打得嘣嘣作响。这是新媳妇坐轿子——头一回。原来的设想全打破了。事儿逼到那了，不行也得上了。他深深吸了口气，一咬牙，上了拍卖台，说什么，不知道，干脆，实话实说了吧："本来是要请个拍卖师，人家开口就是两万，咱觉得不值，可人家听说是露天场子还不来。为了艺术节，为了大伙充分领略艺术品，有这两万块，还不如摊在拍品里，送给大伙儿。"外行话却又是大实话，引来了台下一片欢快的笑声。

"对高仿瓷的拍卖，这是第一次。咱也不知什么拍卖规则，也不知什么拍卖程序，但拍品都是真真正正的艺术品，一比一的仿制。我保证一点：谁今天买走了，什么时候觉得不满意、后悔、不想要，我都照收。"

"我嘴笨，也不知该说什么了，咱就开拍吧。"李广琪说着就抄起了手旁的一件拍品。这叫青花凡红缠枝莲赏瓶，是皇帝给大臣的赏品。青色，花纹端正，白地，配以莲花，这是告诫下属，要清正廉洁……这是元青花玉壶瓶，画工极为精美，旦青的釉色，肥润的釉面，完美的造型，底胎的釉斑，真是一件难得的精品……随着拍品的开卖，李广琪的嘴不再笨了，说起这些艺术品，仿佛是品评自己的孩子一样，滔滔不绝。他不断讲解着拍品的出处、来历、画工、含义，把拍品介绍得一清二楚，完全展示给大家，要为每个竞拍者负责。

底价定高了没人买，定低了就要赔。他是抱定了要赔，拍品底价不论大小，一律 100 元；竞价阶梯也不分贵贱，也是 100 元。底价确实便宜，竞价阶梯也非常密集。而现场却大出所料，每当李广琪的话音一落，底下的牌子就此起彼伏，没有跳加价，更是争成一片。每个拍品都要争上十几次。高潮出现在那个画工极为精美的《渊明采菊》，只见号牌如风起云涌，整整举了 105 次才分出高下。李广琪被这等壮观的景象震动了。这是他一生从没有过的经历。他脸上泛着红润，露出了有生以来最灿烂的笑容。

让李广琪最动心的要算那个粉彩八宝香炉，那是一比一仿景德镇龙珠阁出土永乐的大香炉。当举到 2100 元时，那个买主站起来，给大家不停地鞠躬，让给我吧，让给我吧！大家果真给了面儿。李广琪知道此人是行里人，也顾不得离着成本还差着一半，就立刻敲响了"槌"声。他拿着的拍槌原来是现找来的一块惊堂木。

"惊堂木"越拍越响，人们的情绪也越来越高。最后有两件拍品，李广琪想留下，但群情激昂，一齐喊：卖了吧！怎么也不让李广琪下台。结果 46 件拍品一件没剩。可大家的情绪还处在兴奋之中，一致要求再拍一场。李广琪更是兴奋不已，满口答应，不管有多大的困难，现凑也要满足大家的要求。

晚上回到家中，电话声响个不断，祝贺的、咨询的、订货的络绎不绝。电话费足有两千多元。李广琪沉浸在幸福之中。拍卖会让他看到了皇家气派御用瓷器还有很大的市场潜力。老百姓是有鉴赏力的，他们喜爱有品位、高品质的精品，喜爱祖国的传统艺术。

从未有过的兴奋使他难以入睡，心中绽开了一朵大红花……渐渐，他平静下来，想起了很多很多。十几年的痛苦辛酸又一次涌上心头。他为建造藏珍阁工艺品厂，身在异乡，饱尝了风刀霜剑、威逼引诱。在各种力量的挤压中，他以一个正直的手艺人站住了，以一个诚信的商人挺了出来，成为景德镇高仿瓷中的代表。

　　此刻的他充满自信。自唐朝以来，历朝历代都有仿制品，这是祖国的传统艺术，承认不承认它都要存在，任何议论都是苍白的，只有市场才是最有力的评判者。

　　李广琪从胸中长长出了一口气。

修筑照相机历史的长城

易威最大的梦想就是将来能建成一个照相机博物馆，里面放上他用实物书写的一部照相机发展的历史，犹如一道万里长城，展现在世人面前。

他的梦想绝不是妄想。从 17 岁开始，至今他已奋斗了 46 年，头发由黑变白。收藏的照相机有 500 多台。

这 500 多台照相机多吗？可能有人会一哂了之。那就算它少吧，但它却要涵盖照相机发展过程中的各个重要历史阶段。

易威带我走进了他的收藏室。400 余台照相机紧密而有序地排放在 4 个柜子里。10 余平方米的藏室，只剩下中间一个工作台，上面摆放着钻床、卡盘等工具和各种照相机的零部件，很像一个修理照相机的工作室。这里丝毫没有宫殿般的感觉，有的却是一种神圣的气氛。

主人开始向我介绍这 4 个柜子的编排顺序。大致是按照相机的诞生年代和发展阶段摆放的：自 1839 年发明照相机以后的古典相机；蔡司系列及罗伯特科系列的老式自动卷片、机械发条的机器以及各国仿制品；立体机、镜（头）间快门单镜头反光照相机系列；早期的现代电子照相机的各类机器。这其中有 1839 年以来的银版相机，湿版相机，立体相机，以及国产的红旗、东风、58—1 系列，康太克斯系列，禄来系列相机等。另外的100 多台照相机没有放在这里，显然是因为面积有限。像英国产的大机器，光脚就有 4 米高，一个镜头有二三斤重。还有的太老太旧的照相机，像法国的达盖尔，木头都已经朽了，这些相机都有待修复。

易威说：要用这些照相机来涵盖发展史还不够。他粗算了一下，大约还需要 400 余台，凑足千台相机。用千台相机涵盖浩翰的照相机发展的历史是谈何容易。这就需要高度的概括力。别人可能是用十几台或几十台来说明问题的，那么他只能用几台或十几台去做。概括力来自对照相机发展的深刻了解。仅凭这些相机和中文的有关资料远远不够。他想方设法，搞到了许多相机生产大国的原版配套资料，并慢慢学习，看懂了英、日、德、法、俄文的原版资料。

丰富的收藏与简陋的家居形成对照。他的家具基本是孩子们淘汰下来的，破旧的书桌上，放着一摞摞珍贵的资料、书籍。他从中抽了几本原文版的书给我看：都说德国是单反相机的始祖．许多书都写着德国 1936 年制作了第一台单反相机、其实不然，前苏联在 1934 年至 1935 年就已经制作出了单反相机，比德国早一两年。这很可能是由于一些政治原因或观念问题造成的。博物馆的建成，将用实物和资料有力地证明事实真相。

莱卡和康太克斯曾经是德国早期的两大品牌。易威从柜子上取出这两架当年 1 型的相机：取景器，一圆一方；过卷，一在上一在下；快门，一上下移动，一左右移动；底盖，一插片，一全部打开，几乎没有相同之处。可见当时的品牌竞争、市场竞争有多么激烈，各自在用产品申明着己之所长。而竞争的结果，使两家全都发展起来，成为世界著名品牌。

按照常理，对于一种物品或者一个事物的发展史，一般或绝大多数是以文字为主来撰写它的历程。文字有许多长处。但对于照相机，却显露出诸多短处。照相机是高科技的产物，如掌间的玩物一般，却集中了机械、电子、光学等领域里高精尖的科技成果：那轻巧柔和的过卷感觉，那精湛高超的制作工艺，那清脆绵长的快门响动，那赏心悦目的视觉效果，很难或根本无法用语言来准确描述清楚。只有实物在手，你才能真切体会到那种感觉。

我问易威，搞这个专题能与您等肩的收藏家在中国有几个人呢？他说没有。那么在世界上呢？有照相机博物馆，但很少个人行为。照相机发源地在欧洲，当地的人搞收藏当然方便许多，何况欧洲人的生活水平很高，玩照相机的人也普遍。但收藏的因素是多方面的。仅有钱还不行，还要懂行，不是一般的懂；还要掌握大量资料，准确地确定目标；还要有坚定的信心。从无到有，从少到多也不难。但要把这"多"有序地排列起来就绝非易事。犹如燕长城、赵长城，哪怕数量再多上十倍，也无法与伟大的秦长城相提并论一样。今后，他要收藏的数量是少了，但都在起着连接作用，找到一台，就能连起一片。遇到这样的相机就一定要拿下来。所以，今后的投入会更多，耗费的精力也会更大。冲刺的时候是最考验人的毅力的。

尽管他看上去很有精神，走起路来还很有力量，但他毕竟是63岁的人了。开馆日期他是无论如何也不会知道。选址、地皮、建筑，都超出了他的能力所及。他期待着有人或者是某单位赞助，或有偿接管下来，以便把精力更集中地投入到相机的收藏上来。他不想出名，也不想图利。投资相机，在市场经济的今天，被很多人视为自杀性行为。它既不能升值，也不能保值。弄不好就葬送在手里。

但是，温故能知新。中国的照相机工业一直没有发展起来。别人的经验可以借鉴。柯达并不是不能做相机。但它只发展胶卷，扬己之长。它出了许多型号的胶卷，什么110、126、620、825，等等，然后生产与之配套的相机，免费赠送给顾客。很好的相机谁也舍不得扔，推动了胶卷的消费。

尽管在生活上很拮据，但他从没想过发财。他曾经想过，在他的有生之年不一定能看到博物馆的落成，也不一定能筑成这座"秦长城"，但是如果有人对他下了那么大功夫收藏的相机发出感叹说，老易不易，这东西不能散呀，他也就心满意足了。

第三辑

师　魂

为了心中的梦想

歌唱人生

一

王苏芬家住北京，当时正好在西城区与宣武区的交界处。她是歌唱家，又是个名人，哪边社区有活动都去叫她。她是有求必应。小到社区里搞精神文明建设，大到"三八妇女节"、"大观园春节庙会"等活动，她经常义务为社区居民演出。

她落了个好人缘儿。

王苏芬的长相和扮相都很漂亮。从外貌看，她是个温室里的鲜花。而她的家庭和经历恰恰相反。

她的父亲是延安时期的民运部长，母亲后来也到了民运部。属于战地相恋，于是有了王苏芬。她在母亲的肚子里，很是坚强，任母亲骑马、爬山，最艰难时拽着马尾巴走，硬是没掉下来。在延安保育院，她已经足了月份儿，还是不愿出来，直到见了天日，也无声无息。医生急了，倒提起她，连拍三下，她才大哭起来。

解放后，她上了小学，相貌和嗓子都很突出。一次，胡志明主席到北京访问，她为胡伯伯献花。她现在都莫名其妙，小小的年纪竟说出了："胡伯伯的身体健康就是中国人民的幸福。"胡志明主席很高兴，看着眼前穿着白色连衣裙留着整齐刘海的小姑娘问："长大了做什么？"她说："当歌唱家。"结果，这一消息被当时的《中国少年儿童报》刊发。

她的父亲想让她搞地质，母亲想让她搞政工。而她却悄悄拿着5毛钱，到了音乐学院附中去报名。考试老师让她唱一首歌。她唱了《玛伊拉》，于是被录取了。入学时，也就是中等水平，而她学习很刻苦，半年后，成绩名列前茅，成为尖子生。毕业时，她被学校推荐，参加了大型舞蹈史诗《东方红》的排练，演出的是《南泥湾》和《大生产》的歌唱和舞蹈。她的周围都是来自全国各个专业团体的演员。她也有幸结识了那么多的演员和著名歌唱家。这在她的一生中留下了不可磨灭的印象。

最让她难忘的是 1964 年月 12 月 10 日。这一天在人民大会堂，毛主席、刘少奇、周总理、朱德等中央领导人观看了《东方红》。演出结束后，党和国家领导人接见了所有演出人员。让她记忆犹新的是，周恩来总理当场宣布了一个振奋人心的消息：中国的第一颗原子弹试验成功。本来就是激动不已，此时全场的演员更是群情激昂，欢呼雀跃。周总理说，不要跳了，再跳，舞台要塌了。

之后，她便被保送到中国音乐学院上大学。不久，"文化大革命"爆发。家里面，父亲被打成"特务"，母亲被打成"资产阶级反动路线"的代表，她也就成了"狗崽子"；学院里，领导被"揪"了出来，她作为黑尖子也被"揪"了出来。她经历了批斗。1969 年毕业，分配她到农场劳动，一干就是好几年。挠秧、割麦子、挖河泥……所有的农活干遍了。三月里插稻秧，清早儿，稻田里的水还结着冰碴。刚下稻田，小腿冻得生疼，立刻蹦了上来。别人都下到水里，她也只好再进稻田。插完了秧苗，她的腿也已经冻得麻木了。吃尽了苦，也磨练了惊人的意志。此罪能受，还有什么苦不能吃呢！

1973 年，她考入了总政军乐团，担任独唱演员。能干上自己心仪已久的专业，这让她兴奋不已。她练功刻苦。夏天，除了蝉叫就是她"叫"；冬天，除了北风吼就是她"吼"。吃了常人难以吃的苦，也成为了公众熟悉的演员。歌唱家王昆听了她唱的《海岛女民兵》，对她说，你的声音和形象都很好，到我们东方歌舞团来吧，一定能够享誉全球。她刚到部队，穿上军装，还真有点儿舍不得。没能成行。

9 年后，她转业到了中国音乐学院任教。一年后，领导派她学习南音。

南音又叫南管，用南琵琶和管子伴奏，是保留最完整的唐代音乐，在闽南一带很盛行，几乎人人会唱。但闽南话听不懂，不好学，她很有顾虑。歌唱家王玉珍对她说，你一定要去，民族的东西要好好学。她学习了一个月，参加了在福建举行的南音大汇唱。东南亚一带的许多国家和地区的歌唱家都参加了比赛。福建电视台录了像。她在这一盛会上演唱了《望月亮》，在当地引起强烈的反响。人们赞叹这位来自北方的歌唱家，热情地称她为"望姑娘"。来自各地和国外的记者采访不断，给了极高的评价："音程高昂处响遏行云，余音绕耳，韵味无穷。"连王苏芬自己都没想到南音在这里有这么大的影响。王玉珍对她说："小王，你这条路走对了。"

她认识到了民族音乐的生命力。

这对她的触动很大。而后，她便跟随古曲大师傅雪漪先生学唱古典诗词歌曲。她以前全是唱热情奔放的歌曲，要大嗓门儿。而唱古典诗词歌曲则要讲究抒情委婉，有韵味。她深深感谢傅雪漪先生，使她在艺术修养上又了一个台阶。她是傅雪漪先生的大弟子，也是演唱古典诗词歌曲的第一人。

学无止境。1994年，她又拜著名曲艺家魏喜奎先生为师，学习发声。冬天，迎着西北风练习吐字。两年后，与魏喜奎先生共同举办了演唱会。民族民间艺术的营养滋润，使她的歌唱艺术更为全面。她认为，不能为了美声而美声。西洋音乐要为民族音乐服务，民族音乐也要借鉴西洋音乐。

二

论相貌和身份，王苏芬的感情经历应该一帆风顺。但是第一次的恋爱还是受到了挫折。她不愿意回首那段往事。

第二次恋爱是在朋友家里见的面。那是个名人之家。那位男士姓廖，在她的眼里就像个老头儿。毕竟，他已经是40多岁的人了，而特殊的经历，又使脸上增添了许多苍桑。

解放初，他是北京第一机床厂的团支部书记。毛岸英是党总支书记。

他们的关系很好。毛岸英去朝鲜战场之前，还特意叮嘱他，要做好厂里两个后进青年的教育转变工作。后来，他到了北京齿轮厂当党委书记。"文化大革命"时，他拒不交待刘少奇、彭真的"罪行"，被打成保皇派，关进了监狱。手拷背拷在手腕上，拷出了血，化了脓，发起了高烧。至今在他的手腕上还留着深深的手拷印迹。大便不能自己擦。鞋坏了，只能捡别人的鞋穿。他宁死不屈，几次差点被枪毙。粉碎"四人帮"后，《北京日报》用了三个整版，刊发了《他是用特殊材料制成的共产党员》的文章，报道了他的那段事迹。

一个搞艺术，一个搞政治。不同的经历，共同的基础。他和霭、亲切，对她很好。他们相爱了，有了一个可爱的女儿。几十年的生活中，老廖没说过最酸的那三个字，但却总在用行动实践着。下班晚了，老廖总是要为她等门；出差回来，总是要为她打好洗脚水。老廖的音乐细胞不多，五音不全，有时却也要开口大唱几句，逗得妻子、女儿大笑不止，直到大喊暂停才告一段落。家里其乐融融。

王苏芬的学生众多，经常到家里学习，一来就是一大帮，在家里弹琴、歌唱，分贝极高。老廖总是在一旁耐心地忍着，实在听不下去，就躲进另一间屋子，关上房门。

她的外事活动多，或演出，或教课，经常回家较晚。有一次，王苏芬的手机没电了，那天一忙，又忘了给家里打电话。这可急坏了老廖。他把电话追到她的单位，说她失踪了。等她回到家，他一颗悬着的心才落了地。

她是他的牵挂。

三

看上去，王苏芬的年龄要比实际小上十几岁。问她，是不是经常去美容院？是不是有保健美容的秘诀？而她的回答让我感到有些意外。

具体的方法要有。比如早睡早起、营养均衡，等等。她每天早起先要

为了心中的梦想

喝一杯白开水，冲淡血液，降低粘稠度，补充全身的失水。早餐很重要，一杯牛奶、一个鸡蛋、一片面包、一片肉、一点儿蔬菜；午餐一两饭；晚餐一两饭，然后一杯豆浆、一些水果。人活着要靠营养，还要适当锻炼。时间虽然不够用，但方法可以多样，能骑车就不坐车，能坐车就不打车。等车时，可以伸胳臂、伸腿、晃悠脑袋、做体操，不管别人怎样看，受益的是自己，把时间最大化。皮肤要适当护理，用一点润肤品轻轻按摩。

她形成了一套自己的方法。

要想年轻，更重要的是要有理想。她在年轻时，榜样就是雷锋、刘胡兰。记忆特别深的就是保尔的那句话：回首自己的一生，没有为虚度年华而悔恨，也没有为碌碌无为而羞耻，而是把一生献给了共产主义事业。有了追求，有了事业，活着就有了目标。她的愿望就是要当一名出色的演员。处在这个过程当中，就是一种幸福。

人的心态也很重要。不要总想一些生气的事。家里的事，没有锅勺不碰锅沿的；外边的事，也没有总顺心的。比如人家借钱忘了还，或是还不上，这一类的烦恼事，不去想。有一个朋友丢了几百块钱，很着急，发愁，没几天，头发掉了，没剩下几根，损失更大。她有了烦恼的事，多是采取出去遛遛弯儿，或是唱几首歌，想办法排解掉。

一个人的品德决定人生态度。活着是为了别人：为了孩子，为了父母，为了丈夫，为了学生。奉献了，就会有相应的回报，就会得到真正的友谊和爱。她对家境贫寒的学生不收学费，把自己的心交给学生。为人师表，知道一言一行的重要。到外面录音或是吃饭，她总是主动掏腰包。学生们亲切地叫她"妈妈老师"。有的甚至直呼"妈妈"。

今年的教师节，学生们送给她10束鲜花。中秋节，她和学生们欢聚一堂，这个给她削个苹果，那个为她剥块儿糖，她觉得是莫大的幸福和安慰。活着是多么有滋味儿。

在他们中间，她觉得一点儿也不老，依然很年轻。

一支快乐的游泳队

白念居胖，一米七的身高，200斤的体重，典型的"三高一肝"。同事看他整天脸色铁灰，就半开玩笑地给他定性——"死缓"。

12年前的老白，背负着这个"罪名"退休了。长年沉重的工作压力，使他的身体里里外外都变了形。血压高、血脂高、胆固醇高，再加上脂肪肝，一年住两次医院，自己也觉得疲惫不堪，爬三层楼都气喘吁吁。什么也干不了，什么也不想干，只想着消磨有限的时光：提笼架鸟，他一辈子没这样潇洒过；站在路边下棋、玩牌，身体得不到锻炼；街头去跳交谊舞，路边儿的空气污染对身体没好处。况且，用这些项目来概括老年人的健身活动，也有点太单调，太凄凉，甚至有点太悲哀了。老年人的生活比这些要丰富。

游泳。

无意中，他选择了这项运动。一来二去，渐渐还上了瘾。每周游上两三次，身体和精神感觉好多了。在与泳伴的交流中，他知道了，这是一项无负重、无冲击的有氧运动，而且全身都能得到锻炼。练肌肉，练心肺功能，实在是一项适合各个年龄段的运动，同样适合老年人。他自己尝到了甜头，也影响了周围不少人。他在几年的运动中结识了几十个泳友。这些人一合计，要是有个更能适应这些人运动的固定场所就好了。

老白一马当先，骑着自行车在京城转开了，先后跑了城近郊区七八个游泳馆，但由于各种各样的原因，人家不愿意接收。他们在一起琢磨，现在游泳馆都承包了，接收老年人又不赚钱，谁愿意！老白心里有点儿不是味儿，在铁路上当了多年书记，现在觉得有些失落感，进而又有些自卑，是不是人到老年就要接受这种现实呢！

抱着一丝希望，老白来到了宣武体育宫游泳馆。接待他的一位负责人，看到老白那么真诚，又代表着几十位老年人，当即就应充了，但顾虑重重：年岁大了，万一出点问题怎么办？老白一看有门儿，立刻说：这些人都是常年游泳的人。身体不会有问题。管理上，可以组织起来，成立老年游泳队，自己管理自己，不让体育宫承担。而且我们可以制定出相应的规章制度，跟体育宫签订协议。个人入队也要签订协议，出了问题由个人负责。

1997 年的春天，老年游泳队正式宣告成立。老白成了白队长。

都是离退休人员，年龄比较大，身体情况也各有不同，所以，参加游泳队要有年龄限制，要签订安全协议，要遵守队规和游泳馆里的规章制度，经过测试，看看身体状况和水性。游泳队除去游泳，别无他事。

消息一传开，引来了一些爱好者。有一位 87 岁的老太太，说自己一生就爱游泳，非要参加。那天，几个五六十岁的子女搀着老太太走进来。大家用疑惑的目光看着白发苍苍的老人。没想到老人一进水里，立刻就像年轻了二三十岁，动作自如协调。白队长想得比较多，尽管家属和个人都说自己负责，但毕竟游泳还要出出进进，万一哪个环节出了问题，就不好说了，为了游泳队，也别给游泳馆找麻烦，还是拒绝了老人的要求。

最初，游泳馆每周上午为老年人开放 3 天，并提供热水等服务。后来随着队员的不断增多，又改为每周 7 天上午全部开放。时间一长，相互越了解。老年人腿脚不利索，觉得地滑，游泳馆就撤了地板，买了防滑网；老年人站着换衣服不方便，体育宫就买了椅子，让老人身体有个着落。夏天，正是练习游泳的高峰，也是游泳馆创收的时候。为赢利，可以让老年人停游两个月。但是游泳馆采取的却是另外一种做法，练习游泳的在边上两个泳道，老年人在中间的 4 个泳道。这些老年人在夏天也能游上泳了。而馆里的年轻工作人员，总是张嘴闭嘴大爷大妈地叫着，更让人感动。他们心里总有一种热乎乎的感觉。

有了固定的锻炼场地，队员们的心情好了，运动热情更高了。绝大多数人的锻炼水平都在一周两三次，每次 1000 米左右。这样的运动量对于老年人已经不低了。很多人的体质都有了明显的改善。患感冒的少了，消除病症的多了。祝崇山，74 岁了，曾经做过癌症的切除手术。他来游泳，纯粹是抱着豁出去的态度，一周游上三四次，几年下来，癌变没有发生过。张练的膝关节长了骨刺，还有积水，大夫让他做手术，他不敢。后来遇到个医生，让他游游泳，几年下来再 检查，骨刺没了。白队长更是明显。便便大腹明显见小，体重下降了 30 多斤。近几年的体检，"三高一肝"也消失了。平时总是红光满面，透着那么精神。

不仅游泳，队员在这里还可以交流生活和健身的经验。赵连福原是武警报的社长。幼时在农村长大，只会"狗刨"。到了游泳池，"刨"个七八十米。队友"惨不忍睹"，教会了他标准的蛙泳，现在下水就是 1000 米。他说，这是业余生活"三个一"工程之一。韩青源老人 83 岁了，身体硬朗。他掌握很多健康保健知识。他自己编印了养生之道和偏方发给队员。什么脚跟痛、皮肤痒、骨刺、脚气、嗓子痛等都能找到很好的防治办法。老年队的人爱到这里。用他们的话说，这叫"先游泳，后化疗（话聊）"。听说不少队员患了前列腺炎，有的还尿血。房士德老人立刻介绍了一种按摩法。坚持了一段时间，大家的病情都有好转。那名尿血的队员也止了血。

老年人生活经验都很丰富，凑在一起，什么样的知识都掌握。游游泳，聊聊天。天南地北，心情舒畅。省了很多医疗费，还充实了生活。

可别小看了这支游泳队，做过什么职业的都有。有职工，也有离休干部。在花名册上，可以看到：军官、司局长、书记、经理、医学专家、高级教师、教授；民主人士李公仆的女儿也名列其中；还有人们熟悉的歌唱家吴天球、名演员吴吟秋等。退休后，人便步入了老年。共同的爱好，使他们形成了一个群体。进了游泳池，便没有了肩章，没有了礼服，没有了等级。他们穿着泳装，赤诚相见，平等相待。

人气儿是无形的。老年游泳队形成了一种吸引力，多远都愿意往一块儿凑。这些队员，大部分住在当时的宣武区，还有不少住在东西城、崇文、丰台，远的有海淀、石景山。戴月住在西郊机场，来一趟要两个多小时，那也不嫌远。陈继雯家拆迁，在回龙观买了房，那里有个更标准的游泳馆，可他还是要到这儿来。有个姓张的队员，家住在德胜门，依然风雪无阻。群体的力量把大家拴在一起。

　　游泳游出了友谊。有人建议，老朋友应该到外面出去走走。白队长和几个主要成员商量，觉得应该珍惜大家的建议。他们打听好香山蜂蜜研究所有专车，于是便有了一次搭载春游，去了香山、植物园、卧佛寺、曹雪芹故居。然后每人又采购了不少蜂蜜产品。又玩又购物，大家觉得很开心。又有人提议，到丰台王佐乡的温泉世界。去那里的公共汽车很多，但队员们还是要求租一辆车。这样才有集体的气氛。回来屈指一算，每人才花了20元。队员们都觉得物超所值，热情更高了。后来，他们又奔了赤城温泉。这回连吃带住。大家玩得更加开心。白队长一天就泡了十多次温泉。每次出游前，白队长和几个主要成员都要先打前站，一切都要踩好点儿后再行动。虽然完全在尽义务，但每次结束后，他们都有一种成就感。

　　现在退休人员多了，老年队的年龄结构也在发生变化。有不少四五十岁的人也加入到了队伍之中。活力也就增强了。翻看花名册，队员正好是365个人。这几年，老年游泳队以每年五六十人的速度在增加。

　　年龄大，记性差。有时会有一些可笑的事：穿错了拖鞋，或是锁了别人的衣箱，忘了锁自己的衣箱。一次，一名队员把一个包忘在了衣箱里，等出了门想起来时，也不知丢在哪儿了，就大喊大叫：包里有200块钱，丢了可怎么办！当他回到游泳馆里一问，服务员打扫游泳馆时，已经把包收好，问清后交给老人。老人高兴极了，问白队长怎么感谢游泳馆。白队长说："你只要遵守馆里的制度就成了。"

　　徐汝槐，73岁了，视力不好耳又背，游泳拿着一个黑色皮包，更衣时，偏巧旁边也放着一个黑色皮包。老人没在意，拿起来就走。路上到了一个饭馆准备吃饭，把包往桌上一放，才发现错了。那个包的主人，一看包没了，就急了，向服务人员索要。服务人员说，上午多是老年队的人，如果是他们拿的，一定会送回来。那人不信说，包里有钱，有手机，谁会那么傻。

这时，天上已经下起了雨。老人拿起包就往外跑，一直到了游泳馆，把包交给了服务员。那人真正相信了老年人的素质。老人还一个劲向那人道歉。那个人很高兴，称赞着老人，见下着大雨，心里着实有些过意不去，您的皮包还没拿走呢！徐汝槐说，我这包里就是毛巾泳裤，没啥值钱的，你这包不一样，一耽误，事情就大了。那人走后，徐汝槐也要走。服务员却从心里佩服老人的行为，拿出了自己的雨伞。老人不接。服务员说，您这么大岁数冒着雨来了，说什么也不能再冒着雨走。

老年队对游泳馆有了感情。他们由衷地觉得这个活动场所的宝贵。几次不来，心里像缺点儿什么。老年游泳队的人说，在这里找到了感觉。老年人，物质的东西没什么缺的，缺少的就是尊重。要是都像原宣武体育宫一样，能够多关心一点儿老年人，我们的社会就会更加文明。

队员们之间的友谊越来越深。谁什么时候来都有数，几次不见，便心存惦念，要打个电话询问。白队长有一次没去，就接到过几个电话，这让他感到很欣慰。当队长有付出，要处理一些麻烦事，但人们的关系单纯，都是在互相帮助，比当书记那会儿还有意思。当书记，怎么做也有不周到之处，做好做坏总不尽如人意；当队长，每做一件事，队员都觉得是锦上添花。

他很知足。

修志中难以承受之轻

用一个词来勾勒李苍彦，最形象的莫过于"举重若轻"了。

说重，他一人用了两年的时间编写总纂了 80 万字的《北京志·工艺美术志》初稿，接着又压缩成 40 万字，共修改 5 次，最后成稿 20 余万字，现在即将问世。这部志书上溯发端，中记沿革，下载现状，是北京工艺美术业一部贯通古今的巨著。修志书不像写小说，可以想象发挥，它要字字有据，事事属实。因此，别小看这几十万字，搜集材料就花去了十几年的时间。正所谓十年修一志。

玉器、象牙、瓷器、雕漆、刺绣、景泰蓝等十几个行业的资料完全装进了他的心里，沉甸甸的。著述也便在这种重压之下产生了。十多年来，他出版的各类书籍已有十几本。他还参与《北京年鉴》、《北京工业年鉴》、《中国轻工业史》、《工艺美术明星谱》等图书以及北京部分区县、街道修地方志和中国轻工业史学会编史的工作，总量算下来也有好几百万字。此外，他担任着两张小报的主编。

搞过文字的都有同感，倒出一滴水，要有一壶水的储备。不说他的近万册藏书，就说他占有的资料就足有上千万字，摞起来要有好几米高。文字重重地压下来，不少人难以承受，有的只为写出几十万字便患上病症或落下毛病。文字与生命有着一种内在的联系。人们尊重文字，人们敬重文字。

说轻，不是李苍彦没被沉重的文字压弯挺直的腰杆；不是他常戴一顶年轻人喜爱的网球帽遮住了早已花白的头发而显得年纪轻；也不是在李苍彦的脸上没有流露出码字人常有的那种沧桑感，而是谈起修志的经历时他显露出的那种轻松、那种诙谐、那种幽默语句随口而出的机智、那种平和而放松的心态。

他在修志的闲暇写了大量的打油诗、顺口溜，在聊天或者开会时脱口而出，使气氛活跃、轻松。与他在一起的时间越久，笑的时间就会越长。哪怕是说起为什么爬上了修志的格子，他也是不介意地一笑，轻松地溜出一句——

"共产党员是把沙，东西南北任党抓"

李苍彦本是搞技术的，1962 年从北京工艺美术学校毕业，分到北京工艺美术工厂后，从技术员、车间主任到厂长，干过不少工作，手艺上也获得了高级工艺美术师的称号。上世纪 80 年代初，北京市准备出一套当代北京工业丛书，他搞过一段时间的《当代北京工艺美术》。正是由于有这个基础，在 1986 年北京市地方志的工作全面启动时，工艺美术总公司的领导找到他，让他负责《北京志·工艺美术志》的编纂工作。他先是一愣，以前只听过"方志敏"，从没听说过"方志学"。明白后他说，那是文人的事，咱是搞技术的，哪怕是设计、管理也行，只是搞文字干不了。不管领导怎么说，他死活不愿意干。一直到第三次谈话，他才勉强答应下来。刘备请诸葛亮也不过如此嘛。

后来他参加了北京市地方志编委会办公室举办的学习班，学习了中国方志史，才知道了地方志，知道了修地方志是中华民族的优良传统；历朝历代设专门的官员修志；外国人对中国的地方志非常感兴趣；日本侵华时专门搜集中国的志书；新中国成立后就由邓拓主抓《北京志》的编纂工作；毛主席每到一地视察，必看当地的志书……李苍彦知道了地方志的重要，知道了它的意义之所在。

要说从内心里愿意修志还要从"景泰蓝事件"说起。中国的四大发明众所周知，而上世纪 80 年代末，韩国突然宣称，造纸印刷术是他们发明的。这件事犹如一阵长鸣的警钟。外国人都非常重视保护本国的传统工艺，而且有许多中国的传统工艺被外国人拿去研究，有的就成了外国的工艺。当时的《光明日报》、《文史哲》等报刊也发表了相应的文章。这样我国开始确立了"中国传统工艺保护"的科研课题，组织全国各地的专家学者研究、撰写，把中国的传统工艺分成造纸、雕塑、酿造、陶瓷等18个分支。李苍彦负责的是金银细金工艺与景泰蓝中的景泰蓝部分。带着一种为国争光的紧迫感，他一写就是30万字。问他累不累，他又随口一句——

"经不住烟薰成不了佛，耐不住寂寞修不成志"

接下来他还续了一句："受不了冷落怎成正果，忍不了艰辛难有收获。"在撰写《景泰蓝工艺》的过程中他发现，有许多东西如果现在不去抢救，还就真的失传了。一批技术革新、技术革命中诞生的小设备，由于设备的更新、工厂的搬迁已经拆的拆、扔的扔。比如专门做纹样的砸刻儿机，现在已经见不到了。人们常说"他山之石，可以攻玉"。怎么攻法？以前用的工具是水凳，直到20世纪60年代还在用。现在的年轻人已经不知道了。为了修好志书，李苍彦特意请人做了一个水凳的模型，并拍了照片，绘出白描图放入志书里。他还查阅了明代宋应星的《天工开物》，从里面水凳的单线插图看，上面没有现在的沙子锅和凳槽，但反映出明代也是这样磨玉的。如实记载下当代的工艺太重要了。这是在抢救民族的文化遗产。

他的"抢救"工作加快了。到图书馆抄写、复印，到书店去买书。最重要的是采访老艺人，从那些"活文物"的嘴里去"抢救"。有的老职工早已退休多年，上了年纪，不好联系。他好不容易找到家里，老人正在睡觉休息，不好打扰，只好先到外面去转悠，估摸老人起来，再买上两个西瓜去拜访。老人说他路上辛苦。他便说不苦，是坐"伏尔加"来的。老人说不是骑自行车吗？他说，是呀，双手"扶"着，两腿还"夹"着。老人大笑，话题就好展开了。

有的老艺人身怀绝技根本不愿意说，要采取各种办法先说服老人才能达到目的。烧了一辈子景泰蓝的老艺人毛茂就有一手烧白釉的绝活。领导一次找他谈话，商量怎么提高产品质量，让景泰蓝上的釉烧得白。老人答应下来，他先把旁边干活儿的徒弟一个个支走，然后只用了一两秒钟的时间便把活儿烧成了。其实方法很简单，就是在烧制过程中，趁着景泰蓝还没有凉，往上泼凉水。这层窗户纸不捅，谁也不知怎么烧。

传统的工艺往往就是靠着手摸、鼻闻、舌头舔的"土"办法。这与国外的大机械化生产相比确实落后。但这些被别人看不上眼的东西，往往又是最独特的，是别人没有的。为此，他在修志中，特意增加了技术改造的篇章，把这些内容如实记录下来。老艺人杨世忠还把这些生产经验编成了口诀。

有烧景泰蓝工序的：

"拿起白活先整丝，歪丝倒丝要弄清。白活锃水要刷净，以防白地会变青……点花之前水别干，点出花来才好看。深色少来淡色多，配个好芯来衬托……"

有象牙雕刻仕女技术的：

"人与物，要传情。静中动，温柔性。动中静，勿施重。讲虚实，有空间。免对称，翘一边……定头脸，蛋圆形。肩要溜，莫高胸。凿与铲，上下工。抓质量，统一性。凿要准，铲要精……"

口诀很长，有的要抄上几页纸，把生产过程中要注意的细节全部写出来。这些都是对生产经验最为精辟的总结，是很有价值的资料。

李苍彦掌握的知识多了，工艺美术行里的人有什么不知道的事都要问他，慢慢"活字典"的绰号开始传开了。不少人羡慕他的学识渊博，而他却说——

"越学越褶子"

修志时间越久，接触的同行也越多。一次开会，一位同行发言说整天钻到纸堆里面弄材料，修志要做学者型的人。李苍彦接着发言说，是要学，可是这么多年下来的感觉是越学越褶子。大家都愣了。他接着再解释说，越学越感觉知道的少。知无涯。

知道多，麻烦多，不顺眼的也就越多。现在的人过生日都讲究起吃蛋糕了，那是外来的，哪儿如咱们的长寿面喻意好，说得难听点儿，整个一个吹灯拔蜡。现在过年哪儿都是庙会，有的就在一个文化馆里也打起了庙会的旗号。知道庙会的含义吗？现在的月饼花样翻新，有的竟做成了方形，背离了月饼最根本的一个字——圆。这能叫月饼吗？

了解的越多，麻烦也就多，能不褶子。看过了《北京通史》就想写一篇《北京通史的不通之处》；看到报纸上把玉器行里的"四怪一魔症"写错也想写一篇文章更正，只是没有时间，一时还顾不上。他要多写写《北京也产天然漆》《北京地区有玉石资源》一类的文章，把自己了解到的却又上不了志书的写出来，为社会多提供一些有经济价值和历史价值的资料。《工艺美术志》虽已杀青，但还有很多事要做。回首这几年，正是修志的大好时候。都说盛世修志，他却歪批了一个自己的解释——

"剩事修志"

工艺美术是一个工业企业的行业。搞企业，就是要把生产、流通、经济效益放在第一位。在搞经济的企业里，修志自然要往后排队，尤其是在基层企业里，这种情况就更明显。先生产后生活，到哪儿都说得通。但修志是千秋万代的大事也得办好，怎么办？李苍彦只身一人，难度可想而知。

自己想办法。他制定了一个修志承包合同书，让各单位一把手签字盖章，有事直接找一把手联系。哪个单位不写，到这一节就空着，开了"天窗"是一把手的责任。他一个单位一个单位地跑，最后连总公司的领导也签了字。这一招还真灵。各单位都积极响应。

众手成志。他把修志的人集中到一起，开始办培训班、讲课、印发提纲、出考题，让他们掌握基本知识；然后以表扬为主，鼓励大家的积极

第三辑 师魂

性；接下来发怎么写地方志的材料，内容不空而是很具体，如工厂基本情况、沿革、主要事迹等，让各单位修志人员按门类去填写。内容不足的去搜集、查阅资料，实物要配上照片。大家都把修志当成事业去完成。

有人看李苍彦忙成这样，劝他找几个帮手，他也曾请示领导后借调过几个人，但调来的人一是工作不熟悉，不容易插上手；二是调上来后，人家有很多实际的问题没法帮助解决，所以也就算了。他开心地说，少有少的好处，到哪儿开会都是百分之百参加，能体现出对会议的重视。人少是忙点，我追求的就是——

"一辈子当牛做马"

有人听了这话很同情他为修志吃的甘苦。李苍彦却笑着说，不要理解错了，我是说想当修志的老黄牛，还不够资格；还想成为修志的千里马，那差距可就更大了，还要努力。

现在的李苍彦已不是十年前了，修志上了瘾，不让修还不成。每年的春节都是他写志的最好时候。老丈人家已有好几年不去拜年了。2001 年《工艺美术志》必须截稿，用他的话来说是写志书最要"盒钱"的时候。他准备利用春节的大好时机集中写上几天。但偏偏老伴儿生病住进了院。李苍彦忙得不可开交，要伺候老伴儿，又要写志，回到家还要自己做饭。这些年老伴儿照顾得细致入微，他一心修志，从来不进厨房，面条汤也不会做。这回要亲自动手了，他把凉水、面条、鸡蛋、作料一块放进锅里，煮熟了一看，整个一锅糨子。老伴儿知道了直心疼，特意写了一个顺序表。他拿过来一看，乐了，老伴也会写"煮面条汤志"啦！

他现在有个习惯，每天都要把发生的大事记录下来，集中一年就是年鉴，集中十年就是志书，省得临时抓瞎。这比年底"现上轿现扎耳朵眼儿"要强。

李苍彦本是联合国教科文组织授予的民间工艺美术家，外地有人开出月薪一万元的高价聘请，他不去。他觉得修志很有意思，在知识的海洋里

为了心中的梦想

面遨游是一种享受。这里有他的追求，有他的快乐。他佩服米卢把那么沉重的中国足球带进了"快乐足球"的王国。他也要去"快乐修志"。谈起修志，他神清气爽，在他的居室里挂着一条幅——难得明白。他解释，糊涂了一辈子，终于明白一次，就是要修志。共产党员不讲来生，假如有来生，下辈子还选择修志。

修志难于登蜀道

都说蜀道之难难于上青天，可修志书比登蜀道还难。

这不是诗人偶见时的慨叹，也不是形象夸张的比喻。没听说有谁在蜀道上走了 10 年还没到尽头。明朝旅行家徐霞客走了 30 年，但那是全国的名山大川。现代旅行者得益于种种先进手段，速度可以大大提高，而修志是个细致活，只能一步一步地走。

编写难

登山属于体育运动。修体育志的这些人并不是身体矫健的运动员。蹒跚走来的是十几位相互搀携的老者。正副主编三个人的年龄加在一起已是 222 岁。无疑，这条"蜀道"又艰难了许多。我见到了这三位老人，主编李春龙，副主编白绍颐、刘光彩。他们走路已现出了老态，自 1989 年开始修体育志，到现在已"走"了 13 年的光景。他们的精神还好，没有神情的沮丧和身心的疲惫。

他们年轻时没当过运动员，从事的是体育方面的教练、教师、编辑、领导等工作，都是体育圈子里的老人儿。他们刚一听到修体育志的消息就做了大量的工作：为修志人讲课、办班、请专家，在《北京体育文史》上发征稿信息，着手收集体育事业发展的资料。

写志的人都知道修志是千秋大业，都很认真。但志有志体，不是一下就能掌握的。送上来的稿件不少，足有几百万字，全是基本材料。写法也是五花八门，什么样的都有，根本就不是志。有的是资料长编，有的是一篇篇独立的论文，更不用说什么重点、逻辑、志体了。比如北京市在田径中的铁饼成绩很突出，保持了10年的全国第一，应重点写，文字材料却很少；而百米一直是北京的弱项，数据，训练、竞赛资料却罗列了一大堆。这就不像北京志了。再比如北京男篮自1956年至1983年间获得过数次冠军，上来的材料就那么按年代一排列，虽说志要简洁，但其中成败的原因、经验、教训也要体现出来。北京男足在当年也一直是处于国内领先水平，逢年过节代表国家水平的友谊比赛总有北京队，而上来的材料同样是一年年的大事记，球队的特点变化看不出来。

没办法，负责这一部分的老白只得打破原结构，按照教练任期写。1958年至1975年，主教练史万春的指导思想是既保持北方人身高体壮、勇猛拼抢的特点，同时又有南方人的灵活、细腻、讲究技术的特点。1975年至1983年，主教练曾雪麟总结出"小快灵"的技术风格，出现了李维淼、李维霄、沈祥福等一批技术好的队员。继任的主教练孙云山又提出了"勇快灵"的技术风格等。按照事物本身的发展规律来写，可以使读者一目了然地了解北京足球队的发展变化。

与旧志书不同，解放后的新志书一律要用语体文来写作。但报上来的材料有的却是半文半白。比如，古代军队中有一项长跑运动叫"急递铺"。它是蒙古语，相当于现在的马拉松。古代的事也不能用古代的语言。现在人不好读，也不合志书的体例。条件限制，再让人家写一遍也不现实，只好自己用语体文重写。

他们动笔改写的内容不知有多少。改动最集中的要算是学校体育部分。原本这部分安排给一位同志，结果由于客观原因，这位同志调换了单位。而原始材料已经在他手里放了两年，他说已经编写完了。走后时间不长，他就搬了家，再找，没有地址。急死人。费了许多周折，好不容易才找到他，但编好的稿子也不知去向了。老李说，还是把原草稿还给我们吧。两年的时间就这么白白耽误过去了。这样，又花了半年时间，才把这部分稿子编写出来。

还有让人"烦心"的事。改革开放后，一些航空模型、航海模型、射

第三辑 师魂

击等许多军事俱乐部不断调整，有的改成业余运动学校。不断地成立，撤销，数字、时间就要变，还要反复地核对、落实，差一点也不行。真是磨人。有些问题还需要在编辑的过程中细心地发现。在残疾人的游泳获奖者中，一个叫李宝树，一个叫李树宝，分别在蝶泳和自由泳项目中取得了名次。这本是很正常的事。同名的人都很多，别说不同名字的了。但这"两个人"在残疾等级上都是 A2 级，这引起了他们的注意。于是打电话找残联，几经询问才搞清，其实，这两个获奖者是同一个人，叫李宝树。

顶压力

如果材料齐全，只是做些具体的文字编写、核定工作，修志最多也就是一个时间问题，按部就班做就成了。其实，修一部志并非那么简单。它是一个系统工程，要处理各方面的矛盾，还要顶住志书之外的压力。解放前，北京的运动队都是以个人名义组织的。比如篮球就有未名队、老鸡队、木乃伊队、红队、蓝队等一大批篮球队。足球排球也如是。志书不能一一罗列下来。没列上去的人就提出来，我搞的那个队最好，你们为什么没写上名呀？

其他项目的教练或领导也有同样的说法，我搞的那个时期还有许多事情，你们为什么没写呀？

各种矛盾，各种不满情绪都有。不可能都上，老李有这种思想准备。

初稿出来后，体委的老领导、体育界的老专家等资深人士提出了自己的意见、看法：

"文革"对体育界摧残得多么厉害，你们要好好地写写。可你们在概述里只是轻描淡写地写了那么几句，这怎么行！

体育界涌现出那么多突出的人物，可在你们的志里没有几个人，这是怎么写的？

有的人直来直去，在一些会上就直说："这稿子是谁写的，懂体育吗？"

甚至有人面对着老李说："你负责志书呀？噢。瞧你找的这些撰稿人，哪有一个内行？"

老李虽说是抗战干部、体育总会的副主席，还算是有资历，但终究已经离休多年。在巨大的压力面前，他可以按照老领导或老专家的意见来修改，因为志书是官书，改了也算是有理由，至少是有借口。而他想的是既然组织上把修志书的工作交给了他，就要按照志书的要求把志书修好，志书是历史，不能愧对子孙。他向这些人做了耐心的解释：

志书有志体，要精练，概述里不能把某一部分写得过多。虽是这样说，老李思来想去，还是觉得有道理，便把"文革"中的"117 部电台冤案"事件写进了志书中。当年受此牵连的五位领导干部被关进监狱近八年。还有一位教练在"文革"时被迫害致死。写这些重要情节，既是对领导的尊重，更是对当时历史的客观写照。

志书的特点是生不立传，而且北京志专门设有人物志，所以各个分志没有人物篇。如果要写人物，也是要以事系人。没有突出事例怎么写人？

这些编者都很称职，这些人不懂体育谁懂？教练懂，但不能动笔编写志书。

老李对不同人给了不同的答复。但是要让每个人都了解志书的要求也不可能，写志书就要按志书的要求来写，不能怕得罪人，更不能改变志书的要求。

一部体育志，虽说洋洋近 50 万字，要想把北京建国 40 多年，甚至上溯到几百、上千年中北京体育事业的大事小情都写进去也是不可能的。体育志不久将会出版，届时肯定会招来一些意见。老李早就想到了。他是豁出去挨骂，写志书犹如写史书，要秉笔中正，该怎么写就怎么写，决不改变。

跑资料

巧妇难为无米之炊。资料是修志的基础。北京体育方面的资料非常少。清代没有体育书刊。民国没有官方体育机构，且那时的体育知名人士早已故去。解放后，有了一些资料，但经过"文革"的"战斗洗礼"，也是片纸无存。两手空空写什么志。只有四处搜寻，包括外地体育资料中涉及到的北京情况，各种可能都想尽了。

北京的各种图书馆都跑遍了，还是不够。

老刘是个实干的人。他负责的是军事体育部分。他到了卫戍区，人家根本不接待。老刘有股韧劲，回到家中左思右想，情急之中，偶然想到了卫戍区的一位将军曾担任过原北京国防体育协会的领导。他再次打着将军这张最后的"底牌"才进了大门，找到了有关的资料。北京军区档案馆在八大处，那时的交通还很不方便，来回要换几次车不说，还要走很长的路。骑车。老刘不服老，仗着30年前曾经骑车去过八大处，早晨5点钟就起了床。那时正是1990年的12月份，他顶着刺骨的寒风上了路……回到家时，正好晚上新闻联播刚刚开始，老刘一下倒在了床上，终究不是年轻人了。

军事体育有很多材料在团市委，而资料又存放在市委大楼的地下室里。地下室里又潮又味。资料都是成捆打包。老刘要从那些因返潮变粘连的纸片中找寻有价值的东西。他刚离休时曾在地下室打过工，患过红眼病。他冒着再次犯病的可能，一干就是大半天，先后去了多次，才找到了一小部分资料。

体育界的老同志是活的资料，老刘要从他们嘴里去抢救。老同志大多由于"文革"时机构撤销受到影响，还有些人憋了一肚子怨气。听说老刘要找材料，就把这股怨气撒了出来。什么闭门羹、冷嘲热讽、各种难听的话，老刘都听过。更有甚者，非但不说，反倒劝老刘，做这些事干什么，别干了，这么大岁数了，有什么意思……最终还是一个字没有说。

老刘只是默默地忍受着……

老白身体不好，患有心脏病，心律不齐。1992年，老李与他一块到南京、武汉、长沙等地搜集资料。一到武汉就开始下雨。那时的交通又不方便，不像现在招手就有出租车。出门办事只能坐公共汽车，车少，线路也少，很多时候都是步行。有一次出门后，突然乌云密布，下起了瓢泼大雨。两位老人没带雨具，被浇了一个透，浑身上下没有一块干地儿。蹚着没了脚的雨水，皮鞋都变了形，只能现买双胶鞋。

可能是路途的疲惫，从长沙返京时，老白的心脏病发作，躺在火车上，昏睡不醒。老李心急如焚，不敢打盹，两眼盯着老白的脸，小心照顾，寸步不离身边……一直坚持到了北京。老李把老白送到家中，才把心放了下来。

人上了岁数就是病找人。三位老人没有没病的。老李算是"身强力壮"的，可前两年不幸出了车祸，来了个腿部粉碎性骨折。现在一条腿里还放着一根钢骨。老李开玩笑地说，可以到"残联"报到了。三位老人拖着有病的身体还要忙家务。老李、老刘的老伴身体都不好，常年有病，需要照顾。直到前年，老刘、老李的老伴先后离开了人世。

就在我写作本文的时候，突然传来消息，老白的老伴下自行车时摔在地上，腰部骨裂。大夫说，没有特效疗法，只能静静地在平板床上躺三个月。今年盛夏，暑热难当。吃喝拉撒全在床上，真够老白一呛！

但三位老人的心态依然。老刘说从开始的时候就知道修志是个苦事，为了这个事业，多吃点苦也心甘。酸甜苦辣都尝遍了，现在进入收获期，体育志已修好，苦尽甜来。他们露出的是登顶后的喜悦，用老刘写的一句诗来说：夕阳无限好，乐在修志中。

老李则更深沉："我们随便找出个理由就可以把修志的事推掉，挑子一撂，后人还真不好接。但不能这样做，为的是给后人留下一份遗产。"

三位老人与我谈了很多，还有很多艰难没有写尽。强行收笔之时，我忽然想到，东汉末年曾有刘关张桃园结义，最后选择并登上了"蜀道"。创业实难。改革开放后的今天，也有李白刘三人为修《北京志·体育志》走到一起，老迈之时，拖着多病的身体、沉重的家务，攀登了修志的"蜀道"，备受艰辛，其难可知！

辉县——河南教育的未来

引　子

豫北。太行山下。辉县市。

历史古城，西周时称共国。隋称共城。

这里是山区。王屋山就在附近。愚公移山的故事就发生在这个地区。尽管是传说，作为地域文化，却真实刻划了地域人的性格特征。山里人自有性格。祖祖辈辈与大山磨砺而成的钻劲儿与韧劲儿。用当地人的话说，是认死理，倔强，实干。认准的事，就要干到底。地域人的性格一代传接着一代。

当代，英雄的辉县人为改变生存条件，向大自然吹响了战斗的号角。英雄的辉县人曾以"治山治水"闻名全国，"辉县人民干得好"响彻在祖国神州大地。而今，辉县人的意识进一步提升，治贫先治愚，在教育战线上，一代新"愚公"战天斗地，向愚昧宣战，向落后宣战，取得了巨大成绩，谱写了一曲曲气壮山河的凯歌。

起　因

到这里采访，时刻能体会到地域人的战天斗地的性格。如何从根本上改变贫穷的命运，这是山里人萦绕心中的梦想。祖祖辈辈，不知多少代人在为之奋斗。

解放后，辉县的治山治水早就出了名。20世纪六七十年代，辉县人民为了改变生存条件，与天斗、与地斗、与大自然斗，劈山路、拦河造田、治山治水、修山路、修水库、造梯田，上世纪国家一位领导人夸奖："辉县人民干得好"，并以此为题，拍了新闻电影纪录片，在全国引起巨大反响。为此，穆青曾 9 次来到这里，进行采访。

进入新世纪。当国务院关切"三农"问题时，辉县人也把目光集中在农民身上，把教育问题作为全市工作的重中之重。从哪里入手？选择中，政府没有急功近利，不搞形象工程，拿出 3 个亿办教育，并且把教育放在了 2005 年的政府 1 号文件上，下发了《关于进一步加强教育工作的若干意见》，作为这一年的头等大事来安排。谈到此事，市委书记贾生祥说："经济支持是输血，教育是造血。有了造血功能，才能从根本上解决农民问题。发展一个地区，要做的事非常多。什么是主要矛盾？轻重缓急，自然有个排序。我们不能只看到今天，而应更多地看明天、看未来，未来是什么，是教育。"贾书记下了决心，要使教育事业成为辉县市社会事业发展的一面旗帜和对外展示形象的"名片"。实现教育事业全面提速，充分发挥教育对经济和社会发展的支持作用，构建和谐小康社会，精心打造新一代辉县人的精神品牌。从根本上彻底改变辉县的面貌，必须从教育抓起。

市长王可明经常现场办公，强调以"科教兴市"为先导，以"人才强市"为基础，通过教育，从根本上让山里人走出"越穷越愚，越愚越穷"的命运，让人民过上好日子。他要求共用经费一定要到位，用于学校的正常办公。要从根本上改变山区的面貌，必须从教育做起。

市委、市政府下了这样大的决心，把教育工作作为全市工作的重中之重。这给了身为教育局长的牛松民以极大的压力。他做了一辈子教育工作，深知肩上的重任。这里的地理条件在河南省是比较差的。山区丘陵占 70%，人口有 78 万，26 个乡镇，533 个行政村，2000 多个自然村。2000 年时，小学有 486 所，教学点 138 个，单人单岗 72 个。一个教师带 6 个学生的复式班。一至五年级，再加一个学前班。学生最少时只能隔年招生。老师是教师，是校工，又是炊事员。这就是现实。困难之大，可以想象。他说："山区人更应受到好的教育。办教育需要经费，过去是有多少钱，办多少事，现在是要做多少事，筹多少钱。"这一理念逐步深入到每个校长、教师的心中，并得到了社会各行各业的理解和支持。

牛松民对辉县教育作了全面的分析后说："普通教育是明天经济，职业教育是今天经济，德育教育是全面素质的提高，从抓基础教育开始，打造新一代辉县人的品牌。教育要抓好，与经济不脱节，使教育成为一面旗帜，实现市委、市政府的诺言，使教育成为对外展示辉县形象的一张'名片'，拿得出，叫得响。不论走到哪儿，让这里的人都能挺起胸膛说，'我是河南辉县人'。"

几年来，在牛松民局长的具体领导下，辉县市教育从多个方面取得了巨大的成功，在河南乃至全国都走出了一条有特色的模式。

山区寄宿制教育

山里人苦。教育更是艰苦。我们在许多照片里见到过山区教育的情景，在这里也能看到。

石头垒的教室，窗户只有一尺见方，里面坐着大小不一的学生。当地人有句话："土房子，土桌子，里面坐着几个土孩子。"一个教师要带四五个年级的全部课程。给这个学生讲完，再给那个学生讲。教师就是长出三头六臂也难以保证教学质量。至于音、体、美根本无法开课。教师除要教学外，还要当校长、校工，当家长、炊事员。学生每天上学往返几十里山路，有的路段台阶高，爬着才能上去；有的路只有二尺宽，下面就是百丈悬崖。几十年来，学生掉崖事件发生过不少。由于路远，女生上完小学就辍学了。残疾孩子根本无法上学。就是这样，上学路上还要拾柴禾，准备午饭。学生自己带锅挂在教室的墙上，中午用三块石头架起锅，把带来的面条、菜和盐一起煮。有的教师也与孩子同吃。但教师、家长都知道，再苦也要送孩子上学。这是走出大山的唯一出路。有的家长采取最直接的方式，让孩子看电视，指着一个美丽的画面问孩子：那里好不好？好。只有上学才能到那里去。

为了改变山区的这种教学状况。辉县市教育局的领导看在眼里，急在心头，他们夜不能寐，思索着山区小学教育的出路。他们想到了愚公，想到了当年辉县人战天斗地的精神，他们吃了多少苦，受了多少累，甚至付出了宝贵的生命，去劈山修路，移山填海。现在，也要拿出愚公的精神，再苦再难，也要让山里的孩子受到良好的教育。于是，辉县市教育局的领导，经过调查、论证，大胆地设想：撤点并校，建立寄宿制中心小学，投资 1500 万元，在 21 个乡实行了寄宿制教育，把教育资源重新整合，在条件较好的乡建立起中心学校，教育条件大为改观，规模效益已凸现出来，彰显出极大的优越性。学生的学习效果显著。此举给辉县市山区教育带来曙光，也为全国山区寄宿制学校走出了一条成功之路。

拍石头乡是省级贫困乡。90% 以上的学生都要靠政府的补助，免交学费。此乡全是山地。有 17 个行政村、143 个自然村。原来有 24 个教学点。有 8 所学校是单人单岗。这样把 23 所小学整合到了一起。拍石头乡小学就是这样一所寄宿制学校。我们走进学校，有一种崭新的感觉，一边是教学楼，一边是宿舍楼。操场中间竖立着五星红旗。校门旁的一面墙上书写着：沐浴晨风想一想，今天我该干什么？踏着夕阳问一问，今天我努力了吗？

宿舍楼分 3 层。每间宿舍大约有 40 多平方米。宿舍里放着 14 个上下的双人床，床与床相连。他们把这种床称为"姊妹床"。让同一家的姐妹或兄弟或邻居睡在一起，大小之间、相互之间有个照顾。宿舍能住 600 多个学生。目前在校生有 400 多个。

学生每天的伙食费，依年级的不同，在 1.5 元至 2 元不等。每天中午一个菜，保证吃饱。每周吃一次肉。校长说："要增加伙食费，学生家里承受不起。这样的伙食比在家里只吃红薯、咸萝卜，一年吃一次肉要好多了。学生每个学期交上 20 元住宿费和伙食费就可以上学了。"

学生小的五六岁，大的十一二岁。要让他们吃好、睡好、学习好。学校首先加强学生的食宿管理。挑选了责任心强的男女各两名当保育教师，晚上与学生睡一起。吃药、起夜等一应特点都要掌握。同时强调规范化和卫生管理。宿舍做到4条线：被子、脸盆、枕头、毛巾都要放置整齐，排成一条线。每周换一次床单。饮食上要求采买人员到定点粮油商店购买；蔬菜必须保证新鲜。变色的菜坚决扔掉。最初办寄宿制时，有的家长不放心，跟着学生住了一个星期，一下就放心了。以前家长因接送学生，占去大量劳动力。现在可以放心到外面打工了。家长说："打一个月的工，一年的食宿费就出来了。"

实行寄宿制后，教师可以重新优化组合，实现资源共享。而且可以实行中小学一体化管理。音、体、美可以让乡中学的教师来代课。电脑课学生可以到中学去上。教学质量明显提高。2003 年期末，学校整体成绩从原来的倒数第三，提升到全县 185 所小学中的第 31 名。

教了 27 年课的教师张文锦一辈子扎根山区，就为能够吃上饱饭，上到高中，放弃了再进大学的机会，献身教育事业，但无怨无悔。寄宿制使他不用再爬山越岭。他说："以前是生活苦，教学苦，行路苦。爬山路，皮鞋三天就一双。我们 20 多年没穿过皮鞋，只能穿球鞋。现在穿上皮鞋，脚不适应。但脚不适应，心里却舒服了。"正是因为有这样一支有战斗力、凝聚力、吃苦耐劳、辛勤耕耘的教师队伍，经过他们的努力，现在每年从这里能走出 30 多个大专生。近几年还有 3 个就读过的学生考入了清华北大。学校还吸引了林州市、山西省等农村的学生，甚至新乡等大中城市也有学生来此就读。辉县市寄宿制小学的试办成功，开辟了山区办学的新天地。

山区寄宿制学校优化了教师队伍，开足开全了课程，实现了资源的重新整合，有利于开阔学生视野，提高学生综合素质，便于培养学生良好的行为习惯，有利于全面实施素质教育。在全国开辟了一条新的山区教育的模式，起到了引领和示范的作用。

职业学校

"'订单式'培养和面向'三农'是我们职业教育的两个特点。"教育局长牛松民说。他的思路是让培养出来的人或是"飞鸽牌"或是"落地牌"的人才。只有这样，才能改变辉县，改变辉县人的面貌。辉县人世代有着改变命运的决心，有着改天换地的气概。他们常说的一句话：不敢与山斗，不是愚公是智叟。话里内容丰富，细细品味，也不乏山里人的性格。过去愚公移山，靠的是身背肩挑，靠的是手工劳动。而今天的辉县人要改变命运，靠的是聪明才智，靠的是科学、技术。要让生产力插上翅膀。

辉县市共有 7 所职业学校。近年来，教育局围绕市委、市政府的总体布局，以及劳动力市场的需求和产业结构的调整，提出了"质量是生命线，就业是生存线"的办学理念，形成"重点专业重点办，重点专业走市场"的办学方针。针对山区农村的特点，增加办学的实用性和针对性，为地方经济服务，为三农服务，取得了明显效果。为该市培养懂经营、会管理、能致富的"落地牌"人才。根据市场需求和专业结构需求，开设旅游、财务管理、饮食服务、药材种植、养殖、建筑、电子电器、家政服务、机械制造、数控机床、卫生保健专业。每年可完成学历教育 1000 人，短期培训 15000 人，劳务输出 3000 人。目前，已完成农村贫困地区劳动力转移培训 1400 人。

近年来，辉县市在巩固发展基础教育的同时，不断做大做强职业教育和成人教育，按照"职业教育面向市场，成人教育服务三农"的办学思路，培养了一大批高素质的实用人才，为当地农村剩余劳动力转移作出了积极的贡献。目前，该市的两所职业高中均被评为"河南省重点职业学校"，每年招生 3000 人以上。辉县市教育局共举办各类培训班 6000 余期，培训人员达 50 万人次。目前，该市 10 万余名回乡知青经过培训后已成为农业、乡镇企业战线的主力军，其中 9000 余人被选拔为农村基层干部和乡镇企业职工，近 6000 人成为农业技术员，2 万余人成为专业户和科技示范户。

辉县市职业中等专业学校是一所省级重点职业学校。学校在实践中不断摸索，在办学机制上推出了灵活学制、工学交替、半工半读、坚持学历教育与中短培训并重、完善学分制等措施，形成了"对口升学，劳务输出，就地转化，自立创业"的办学之路。他们采取"订单式"的培养模式，与江苏海事职业技术学院联合办学，形成二加三式大专班，培养高级海员。2004年送走高级海员60个，2003年为华中理工送走普通海员32个。2005年为河南三力炭素公司按订单培养40人。学校因此有了知名度，当地纸业系统一下就要200名学生。饭店服务饮食专业的学生更是供不应求，服务员最为紧缺，每年都要送出近350名学生。2002年以来，就业率占到100%，为社会输送毕业生4000余人，本省就业2300余人。

"一职上学两条路，能上大学能治富。"辉县市第一职业中专也是一所省级重点职业学校，在不断的探索中，学校形成了现在的办学思想。学校在打造三个字：实，活，多。"实用，灵活，多样。一方面抓升学，另一方面抓为当地'三农'服务。开设的专业也多是农、医、果林、汽车驾驶维修等专业。同时还号召鼓励学生，学好一个专业，学习多种小技能，成为一专多能型的人才。开设的课程都是实用的内容，操作性很强。比如种植，细化到每个月要做什么，怎么做。以实用技术为主导，直接服务'三农'。"该校的领导这样诠释他们的三个字。几年来，这所学校培养出了一大批种植状元、养猪大户、售粮大户。辉县市近1/2的养殖专业户和果农出自这所学校。目前，从这里走出的学生，正准备在当地举办桃花节。

德育教育

近年来，河南省辉县市针对社会上道德滑坡，诚信缺失，家庭和学校重智轻德和一些学校在德育内容上的"假、大、空"现象，对德育工作进行了认真探索，不断充实德育内容，改革德育方法，走出了一条具有辉县特色的学校德育工作新路。

辉县市教育局在河南率先成立了"德育教育办公室"。局长牛松民亲自任领导小组的组长。他知道辉县历史上有着光荣的优良传统，是中原文化的摇篮，出现了许多可歌可泣的名人故事。20世纪70年代，出现了战天斗地的郑永和。新世纪上了央视2003年"感动中国"的张荣锁，让这里的人自豪。回龙村民自筹资金，自己动手，在壁立万韧的太行山上，用铁锤、钢钎和炸药，从海拔800多米到1300多米，绕过三座大山，开出了一条曲折的公路，如一条巨龙盘蜒在群山之中。这些当代的英雄为了辉县，开山修路，拦河修坝，造福了一代人民。当年的愚公也是一个德字，在为子孙后代造福。这些都是丰富德育教育的最好素材。要用这些英雄模范来教育一代人。他提出的理念是，打造新一代辉县人的精神品牌。辉县市教育局坚持"育人为本，德育为首，学生为主，务实创新"的基本理念。建成全国教育科学"十五"规划国家重点课题"整体构建学校德育体系深化研究与推广实验"实验区，投资260万元建成了青少年校外活动中心，投资300万元的辉县市青少年道德实践基地正在建设。全市33所实验校承担36项子课题，从德育的目标、内容、途径、方法、管理、评价六个方面开展实验研究，并把高职中、初中、小学三个阶段整合为一个系统，整体构建全市学校德育体系。"唱响德育歌，争做模范小公民。"把德育目标变为学生的道德行为。同时组织力量编写家长学校教材，其中该市教师编写的《指导孩子学会健体》已由彭佩云、柳斌同志题词在全国公开发行，受到学生家长和社会各界的好评。真正形成了学校、家庭、社会"三位一体"的未成年人思想道德教育网络，彰显了特色，创造了自己的德育品牌。形成了独具特色的未成年人思想道德建设的新模式。德育教育在各个学校取得了不同的效果。

南姚固小学从新孝道教育入手抓德育教育。一进学校，迎面墙上醒目地写着"要爱你的妈妈"。这是出自前苏联教育家霍姆林斯基的一句话。学校的校训是：孝亲敬长，勤学报国。学校的宣传黑板上写着校评十佳小孝星的名单。

校长向我们介绍说，新孝道教育是从三篇小作文入手。第一篇"我为爸爸妈妈洗一次脚"。洗脚是件比较麻烦的事，说大不大，说小不小。一般认为比较脏。这样的事能做了，其他的事就不在话下了。第二篇"听爸爸妈妈讲敬老故事"。要让父母讲敬老的故事，对年轻的父母是个压力。作文在村里产生了一定的影响，甚至有个老太太还到学校问，我孙女那个班布置作文了吗？第三篇"我们大家都来助老"。把敬老推广到社会。老吾老以及人之老。学校以班为单位，到农户家，搞敬老活动。小学生从小形成了孝为光荣、不孝可耻的观念。此事感动了一村民，拿出2000元作为基金，奖励小孝星。

作文取得了一定的成果。学校又进一步让学生写日记。一周写三次。在日记中我们看到了学生在为老人梳洗、倒尿，帮助家长扫地、喂养等。一个小学生在日记中写道，一个热水袋奶奶推过来，我又推过去，最后我还是说，"奶奶，您暖吧！"家长普遍反映，学生比以前勤快了。老师感觉，作文有内容了，水平也提高了。

学校在此基础上，把新孝道教育引向深入。根据年龄的不同，每个年级各有不同内容标准。一二年级，听父母话；三四年级，帮助父母；五六年级，理解父母。

"我爱我的妈妈，在家里孝敬父母；在学校尊敬老师，努力学习；长大后奋发有为，报效祖国。"这是学校编写的誓言。学生每天上下午第一节课前先宣誓。把新孝道的内容从个人、家庭、社会扩展到祖国，使之系统化。

学校还开了新孝道课。翻开老师的教案，里面清楚地编写着若干个怎么办。如：父母吵架时怎么办、父母忙时怎么办、父母不在家时怎么办，等等，把新孝道具体化。不仅要做敬老事，还要说敬老话。在家里对父母要说什么话，在社会上见到长辈要说什么话，使学生在潜移默化中，形成尊老敬老的观念，德育素质也有了很大的提高。在新乡市百名优秀小公民中，南姚固小学一名学生入选。作文《奶奶再也不信真神了》获得省级一等奖。校长撰写的《整体构建学校新孝道教育体系的研究报告》获中央教研所德育教育中心一等奖。"最终要努力学习，不辜负父母，不辜负祖国，这是新孝道教育的内涵。"校长如是说。

"没有差生，只有差异。""让每一个人都抬起头来走路。"拍石头乡中学以转变差生闻名。中学生难免在学习、纪律等方面出现问题，或者是有各种各样小毛病。但是每个学生都有自尊心。尤其是在未成年阶段，有一点小的刺激都会对学生产生影响。学校不管学生以前的情况怎么样，在每一个细小的环节上一视同仁，不歧视差生，教师对差生反而更为关心。"我们有时都羡慕差生，因为我们的老师特别关心他们。"这是我们在采访时遇到的一个较优秀的学生说的一句话。由于这样的办学理念，使得学校名声在外。不少外村、外县、外省，甚至城里的学生慕名而来。全校 800多个学生中，有 300 多个是外来生。出现了大量山民外迁，大量学生涌入的怪现象，被人们称为"拍石头现象"。当学生们提起这些都骄傲地说，"今日我以拍中为荣，明日拍中以我为荣。"

《晨风》是一份具有专业水准的校刊。"从 2000 年开办起，已经 5 年了。最初宗旨只是一个文学创作园地。后来发展到为学校的德育工作服务，及时宣传好人好事，形成了一份内容丰富多彩的刊物。同学们自己组稿、编辑、排版。且自办发行。从多个方面去培养锻炼学生。在总共 1600多名在校生的范围内，从最初的二三百份，增加到现在的 1200 多份，价钱从几毛钱，长到 1 元，很受学生喜爱的刊物。"常村镇中心学校校长介绍说。

学校在学生中成立"爱心储蓄所"、"济困小组"等。校长说不惟成绩，重要的是培养学生的自信心。双差生每周搞一次办好事活动，总结哪些地方进步了。有一次，一位家长告诉校长，说家里的汽筒子丢在了学校，让帮助找找。一打听，才知道，是这个学生每周末都把家里的气筒子拿来，为家远同学的自行车打气。学校得知这一情况后，上了感动校园人事录，极大地激励了学生。

没有活动，就没有教育。这是一位教育家的格言。"校园是我家，爱心靠大家"；"强身运动会"；"5 月欢歌激情飞扬"；"播洒希望收获未来"；

第三辑 师魂

每个学期活动不断。

这里的学生"开口就讲文明语，提笔就是练字时。不动笔墨不讲习书，不合礼仪不行事"。

这里的老师张口能唱歌，提笔能作诗，教师带头，从根本上改变应试教育。根据青年教师多这个特点，学校成立了自励班。教师只会教书不行，还要有一个小特长，这里的教师多才多艺，学校是市诗词学会的分会。学校的学习氛围浓厚，总体成绩稳步上升。今年仅考入艺术班的就有48人。

"德育工作不是做样子，而是做'心'的工作。'教书育人'各有理解"。校领导还在思考着校园文化内涵。

路很漫长，在坚持。

升学率

"辉县市的高中普及率在75%，毛入学率达到85%，升学率在新乡市连续27年第一。近5年，又超出了市区的总和。"用王超美副局长的话说，皇冠上又增添了一颗明珠。

近几年来，从辉县走出的大学生、硕士生、博士生一茬接一茬。他们在全国各大城市工作，在不同的岗位上报孝祖国。不算搞经营的总经理一类的职务，仅处级以上的干部就有200多人。这样的一个数字，不足以说明全面情况，仅从一个侧面，反映了辉县市教育的丰硕成果。这些来自愚公家乡的人，拿出了愚公移山的气魄，使出了治山治水的劲头，在为现代化建设发挥着巨大的作用，展示着有深厚文化底蕴地域人的才华，塑造了辉县以至于河南的良好形象。

辉县市第一高级中学是省级重点中学。这是一所百年老校。升学率在新乡市一直名列前茅。每年都能有三四名学生考入清华北大。今年达到这个分数的学生有十几个。由于估分和求稳等因素，有的学生没敢报。2000年，学校还出了一个河南省理科状元。自恢复高考以来，学校累积有60多人考入了清华北大。"这在大城市可能算不了什么，但是在 70% 是山区的地方就是个数字了。"不少来这里参观考察的人发出这样的赞叹。这里的校长承受着很大的压力，采访时他说了这样一句话："如果今年没有考入清华北大的学生，我会通过电视向辉县市人民道歉。"没办法，学校在人们心目中有了这样的位置，众目睽睽。

社会环境逼着你要在管理上狠下功夫。要求学生学会学习，博学广识；学会做人，品格健康。围绕学生整体素质的提高，抓校风，抓学风。不分快慢班，让教师在同一起跑线上去比赛。

教师苦教。有的教师把历年高考命题积累起来，对题型与知识点的分布、命题的方向、要求学生提高的能力等，逐一进行分析，为避开题海战术，减轻学生压力，带着重病为学生分析卷面。

学生苦学。早起晚睡自不必说。山里的孩子生活艰苦，老师心疼学生，让学生从家里带来鸡蛋，提着大壶的开水，为学生冲蛋汤，补充营养。外校的人到学校来参观，取到了真经——苦教苦学，但都摇头说："学不来。"这里的教师也到外地大城市去学习、考察，对于那里的师资、经费、待遇等也是同样"学不来"。

改革开放后的一位老校长留下了一句话：教育是事业，事业就要献身；教育是科学，科学就要求真；教育是艺术，艺术就要创新。这句话一辈辈传到现在，几十年了，现任的校长提起这句话深有感触。他说他最欣赏第一句话，作为名校，不仅要在办学上有自己的内涵，他还要为后人在"硬件"上留下点什么。在任中，校舍焕然一新。占地 300 亩，投资 1.1 亿元，现代化建筑设计，在辉县以至豫北地区成为一道亮丽的风景线。

"要给学生一杯水，教师要准备一桶水。随着知识更新的加快，现在要求教师，要常流常新。"辉县市高级中学的校长这样说。加强业务培训。每个教师要争做合格教师；5 年以上的教师要争当优秀教师；10 年以上的教师要争当名教师。这所学校升学率在全新乡市排第三。生源是辉县市一中的落榜生。在学校的 1900 多名考生中，2005 年上重点大学人数为 131

人，能上三本以上的有 850 人，占考生人数 75%，总数排在了全市第一。

学生每天 5∶30 起床，晚上 10∶10 分熄灯，都有教师管理。教师把学校当成家。校长说，我在这个岗位上，要对这个岗位负责，要对每个学生负责，要对事业负责，对辉县市的未来负责。不论谁当校长都会这样做。

希 望

在辉县市区行走，真是有这种感觉：最好的建筑是学校，最美的地方在校园。毫不夸张。

尊师重教已成风气。今年，辉县市委市政府搞了一项重要举措，奖励对教育事业作出贡献的 30 年以上的老教师。设立教育功臣金、银奖各 10 名，并特别制作了价值万元的纯金奖牌。以师德、贡献、年限为条件，先把够条件的 46 名教师个人简历在报纸上公布。在社会上公开投票评选，最后以得票多少确定人选。这一活动在社会上引起了轰动，鼓舞了教师，不少教师决心终身从事教育，甚至把金质奖作为传家之宝珍藏起来留给后代；鼓舞了企业家，他们说，经济指标上去了要奖励，教育搞好了更应该奖励，而且含金量要高，他们以不同的方式支持教育；鼓舞了老百姓，他们普遍说，政府更加重视教育了。

确实如老百姓所言。市委、市政府已经把这个行动列在了 2005 年的政府 1 号文件上——每年表彰一批优秀教师和优秀教育工作者，每五年评选一次"教育功臣"，建立起了教职工表彰制度，并规定：凡获得省教育厅、人事厅及其以上部门联合表彰的优秀教师和优秀教育工作者，可提高退休费标准 5%。山区教师每月增加 50 元补助，新乡市级以上学校一线的骨干教师每月增加 40 元补助，边远乡镇教师和少数民族教师每月增加 30 元补助，切实改善和提高教师待遇。

谈到此事，市委贾生祥书记开怀大笑："我这个当书记的就是要为老师做好后勤保障，解决他们的后顾之忧。"他接着又说道："把人民教师交给社会，让社会关心，使'教育'植于人民心中。政府重教，社会尊教，共同打造明天的生产力。表面文章好写，有这几年投资教育的三个亿，早把花草铺满了。有了钱，谁都知道买件新衣服，但全县80万人跟着你，干是虚，是实，老百姓心里都有一杆称。是混，是干，我只有选择后者，站在这个位置上，我有责任。"

后记

站在太行山脉的回龙村向下眺望。群山中，那条弯弯曲曲的公路，就像是一条蜿蜒的巨龙，看到它，我不由得为辉县人的那种移山填海的愚公精神折服。而回首再看今天的辉县人，不由得发出感慨：过去修的千条路，现在育的一代人。

辉县人意识到了这一地域的文化底蕴，意识到了文化资源，实现了由文化资源县到文化产业县的历史性跨越。市委贾生祥书记满怀自豪地说：目前，辉县市已经争取到了300多个亿的合同。这为辉县的进一步腾飞打下了坚实的物质基础。从文化强县到经济强县，经济建设又会促进文化建设。一个美好、崭新的辉县就在眼前。

从文化做起，从教育做起，就有了长远的眼光。所到的每个学校都有校训，都有自己的办学理念。采访过的每个人都有责任感，都有一股钻劲儿与韧劲儿，性格使然。他们认准的事，一定也会干到底。辉县市教育所走的路子，或许为我国的学校素质教育提供了一条思路？或许为中西部地区教育探索了一种模式？

从古代愚公搬山，到现代"愚公"搬愚；从治山治水，到治愚治学；从物质到精神，从眼前到未来，认识在深化，理念在升华……

文化意味着底蕴，教育意味着长远。透过北部山区的崛起我们好像看到河南的未来……

为了心中的梦想

第四辑

创　业

为了心中的梦想

慈善商人

一

袁国华搞古玩出于无奈。

儿子姚杰，从小跟父亲学了一手好画。自我感觉也不错，就把画拿到琉璃厂，让一位老奶奶代卖，四六分成，效益颇丰。常来这里送货，看到了古玩行的潜力，于是，决心辞职要搞古玩。

那年头，袁国华接受不了，有个好工作，为什么要当个体户，说出去多不好听，让人看不起。

拧。

没几天，儿子真的不去上班了。

当妈的看见儿子决心已下，急了，赶紧想辙吧。四处托人，就在东琉璃厂文明胡同租了一个门脸房，开了佳佳工艺品商店。那是 1986 年。

木已成舟，儿子才说出真相，原来只是请了几天病假，弄了个假辞职。

当妈的哭笑不得，假戏真唱，顺其自然吧。

小商店经营了一年，生意格外的好。时间一长就有了矛盾。

一年的经营，使她们进一步了解了古玩市场，积累了宝贵的经验。

自己单干。

她一狠心，用珠市口铺陈市的 32 平方米换了东琉璃厂 93 号 21 平方米的房。

1987 年 5 月 6 日，"龙凤斋"的牌匾正式挂了出来。

古玩杂件摆满了小小的房间。

人没住处：女儿提前出嫁，儿子自己想辙。即使这样，屋里还是只能挤下一张单人床。袁国华与丈夫姚发昌将就住在店里。冬天，两人挤在这张床上；夏天，老姚只能睡在地上。老姚是个美术兼体育老师，觉得身体结实，睡地上没事。但时间一长，腰还是受了寒，落了个腰疼的毛病。

创业难！

屋里连再放个火炉的地方都没有。做饭只能在门道里。春夏秋就在院门口吃饭。胡同口上的那一排垃圾筒正好摆到大门口，夏天那股难闻的气味伴随着成群的苍蝇，只好等收垃圾的走后再吃晚饭；冬天，饭桌放在门道里，一开大门，寒风裹挟着尘土一拥而入，只好等院里的街坊全都下班进门之后再吃饭。

她住在店里，经营没有时间概念，顾客随时可以购物。做着半截饭，还要去照应顾客，挑选打包，忘记了饭还在火上，经常煳锅。后来长了经验，用小火，架不住时间一长，还是煳，没办法，"煳"吃吧。

冬天，长时间站在寒冷的屋里、门道，袁国华的脚冻了。一冻一化，流了脓，奇痒无比，只得在寒冷的门道里用热水烫脚。老姚疼在心上，听说狗皮靴抗寒，跑遍了京城各大商场买到，才算免去一难。

辛苦换来的是丰厚的回报。那时，国内的瓷器、玉器等古玩并没多少人喜欢，而外国人好像情有独钟，什么都当成好的。小店效益出奇的好。

总与外国人打交道，交流很不方便。袁国华在二龙路中学报了个外语班。学员都是20岁左右的年轻人，袁国华已是40多岁的人了。每次上课，她都要梳好头发化好妆，尽量显得年轻些，缩小与"同学"的差距。

那也挡不住学生们的眼：阿姨，您这么大岁数还学外语干什么？

袁国华不愿意说自己是个体户，怕"同学"轻视，便吱吱唔唔地说，我没事，只是喜欢外语。比你们差远了。我是从零开始，你们记10个，我记5个，总会有收获吧。

一期不行，就再上二期，几个班下来，商业英语还真学得不错，再加上平时随时与老外学，跟翻译学，还真能为外国人介绍古玩商品，这在行里还真不多。做买卖得心应手了。

1989年，袁国华从玻璃六厂化验员的位置上正式办了退休，专心经营小店。

三年下来，她用自己挣的钱，在延寿街买下了两间平房。铺上地砖，贴上壁纸。躺在新房里，老两口第一宿怎么也睡不着，又是兴奋，又是心酸，几年的奋斗终于有了家。

1992年，到泰国发展的儿子回来，看中了西琉璃厂60号的两间房。想再开个店。

女儿不干了，说是父母的生活怎么办。好不容易刚刚有了一个家，又要让父母去受罪。

儿子与女儿争论不休。

老两口也反对。

儿子执意坚持，说房子虽破，但位置难得。有机会再买房。

最后，袁国华还是用这两间新房，换下了西琉璃厂的房，在那里开了第二个店——宝荣斋。

袁国华又回到了那张单人床上，开始了二次创业。

半年以后，经人介绍，才在东北园又买下了两间破平房，重新翻盖后，才算有了一个家。

此时的袁国华社会交往多了，陆续担负了不少的职务，什么先进个人先进工作者文明标兵经营示范户，又当上了工商公安税务部门的监督员，还当上了宣武区的政协委员。她也有了与外界交流的机会。眼界开阔了。国家对个体经济的政策越来越完善，她的心气也越来越高，对于龙凤斋那种小作坊式的经营也越来越不满意。心里有了一些打算，但难度太大，总是下不了决心。

1996年，她有机会参加市政协的考察团到香港参观学习。繁华的景象打动了她。尤其是看到香港的个体经济发展的规模之大，深深刺激了她。

这就是个体经济发展的方向。在这里，她也学到了不少的理论。企业要发展，首先就要确定好地理位置。咱没理论，却已占了先机。

琉璃厂是北京古文化一条街，地理位置优越。她的决心下定，龙凤斋一定要扩大规模。

院子里一共有三家街坊。为了发展龙凤斋，袁国华先后与几个街坊多方交涉，终于达成协议，为他们买下了称心的楼房，搬进了新居。

袁国华在这里又重新规划了图纸，盖下了三层半高，几百平方米的楼房。她们二人终于有了住所。龙凤斋进入了一个崭新的阶段。

1997 年 9 月 28 日，龙凤斋重张。这天，中央的领导、北京市的领导、宣武区的领导，以及工商、税务等多方面的领导到场祝贺。剪彩的大红花一共扎了 10 朵。袁国华的心里高兴极了。

袁国华艰苦创业的经历感染了北京市副市长、时任宣武区委书记的刘敬民。他特意看了龙凤斋说，真没想到咱宣武区大栅栏还真出了这么一个女强人。

二

琉璃厂的龙凤斋在国内外出了名。老板袁国华也在北京市的文化个体户中成了数一数二的企业家。人们都知道她艰苦创业的辛酸，却没人知道她内心深处的苦涩。

袁国华有着一颗清纯的心，如同生她养她的白洋淀一样。

4 岁那年，父亲打日本鬼子，从锅台下的地道里投奔了"土八路"。母亲带着她们姐弟 5 人，逃荒要饭。相互不知死活。直到 3 年后，日本鬼子投降、冀中平原解放，她们一家人才团聚。随后，大姐到北京，嫁给了一个建筑工人。

白洋淀常决口，当地有句话叫十年九不收，眼看到嘴的粮食，一场大水就给淹了。小时，袁国华一家常吃水草与棒子面蒸在一起的"耙烂儿"度日。袁国华从小聪明好学，上小学六年级那年，又遇上了水灾，便大着胆子给大姐写了封信，想到北京上学。

万万没想到，姐姐、姐夫同意了。

温暖的一双手，带来的是一生的转折。

她来到了北京。她本想把学接着上下去。但大姐又有了第二个孩子。姐姐没有工作，光靠姐夫一人养家。她悄悄拿上户口本，到劳动局找工作，来到了玻璃六厂。直到1989年，她退休。

袁国华感谢姐夫一家。一颗善良的心在她的身上生了根。

她乐于帮助别人。

1990年的一天，她到副食店买菜，两手拿满了东西，还有点勒手。

"闺女，放我车上吧。"

袁国华回头一看，是一位老大爷骑着辆小三轮车，便说："大爷，那哪好意思。"

一位街坊过来说，这位是五保户王明亮王大爷，人可好了，每天清早儿都给大家代买油饼。

袁国华心里一动，便多买了一斤羊肉。她跟王大爷把菜送到龙凤斋，又跟王大爷把肉送回家，有意认认门。王大爷家仅是一床一桌。她便动了恻隐之心，常给王大爷买些吃的喝的。开始，买的是四特、尖庄。王大爷说："闺女，别买那个，贵。我就爱喝二锅头。"袁国华更是心疼老人，每月又再给上几十块钱。加上王大爷每月从街道领的78元，生活上好多了。

她看王大爷家里实在脏破，便把老人床铺上的用品全部扔掉，换上了崭新的被褥、枕头、枕巾、床单、被罩。老人的家里焕然一新。之后，冬天买棉衣，夏天买大裤衩。逢年过节还要买些东西去看望老人。

1994年的大年三十，袁国华拿着鱼、肉和一袋子刚包好的饺子去王大爷家，正好碰上大栅栏派出所的杨宝利。他问："袁阿姨，你干什么去？"

"过节了，看看王大爷。"

"您跟王大爷是亲戚？"

"不是，老人一人怪可怜的。咱们伸把手算不了什么，老人就能感觉杨"公安"马上到了杨梅竹斜街居委会大声说："你们怎么搞的，人家袁国华照顾王大爷 4 年你们怎么什么都不知道？"

居委会的大妈们一听，马上报告了办事处、工商所，写感谢信、请记者一通忙活。

这下，事情才传出去。

工商所的所长专门过来批评袁国华："每年二三月份都让你写学雷锋的材料，你就是不报自己的情况。"然后又去批评王大爷："人家照顾你那么长时间，怎么也不说说？"

所长走后，王大爷悄悄对袁国华说："我不能说，说了街道上不给我那几十块钱可怎么办？"

1995 年的一天，一位老人突然来到了龙凤斋说，王大爷住院了。

袁国华买了罐头、食品立刻赶到了大栅栏医院。一看，王大爷正在病床上吃方便面。袁国华看不下去了，您怎么吃这个呀？

"闺女，这个便宜，才几毛钱。不然每天要交 10 块的饭费，我一个月的退休费才长到 170，哪够呀？"

袁国华的眼圈红了："大爷咱不吃这个了。我让人天天给您送饭。有什么难处我解决，谁让咱有这个条件。您放心，有我照顾您呢。您一定要好好养病，多活几年是儿女的造化。我就是您的女儿！"

一周后，老人出院，逢人便说："谁说我没亲人，袁国华就是我闺女。"

1997 年，袁国华为老人送了终。时年 78 岁。

1992 年，居委会主任找到袁国华，说街道上有一位残疾人，生活上相当困难，家里的纸顶棚坏了，房管所也不管修，能不能去帮助找找。他叫赵彦明，从小得了小儿麻痹，走路困难，自从母亲去世后，生活上失去了信心，刚 30 多岁的人，只靠街道上的生活补助和变卖家里的东西度日。

袁国华来到他家，空空荡荡，东西卖光了，只剩下一个大衣柜。睡觉在一个用 4 个铝桶支起的门板上。被褥脏透了。顶棚也掉了下来。

袁国华找了房管所，又找了 3 个大小伙子，把他家从上到下打扫了一遍。床下的土鳖潮虫成了疙瘩，臭鞋烂袜子堆了一堆。然后到西单买了张单人床和全套的床上用品。他的家彻底变了样。

袁国华觉得这样下去不行，又找赵彦明谈，你年纪轻轻，又有文化，不能总靠着组织领导，要自强自立。

赵彦明发愁地说："袁阿姨，我这样能干得了什么呀！"

袁国华又去找街道主任商量。主任也不知干什么好，想来想去说，要不——卖书。

袁国华说："书太沉，他干不了，还是干点简单的，卖报吧。"

小赵还是犯难："袁阿姨，我干得了吗？"

"你先从骡马市邮局取 50 份晚报试试。"袁国华又去跟工商税务打了招呼，免税。

开始的几天，袁国华不放心，跟在他旁边看着，怕有意外或是有人欺负他。

几天后，报摊的生意还好。小赵也慢慢适应了。现在，他不光卖晚报了，什么报纸都卖，还添了杂志！

他心情舒畅了，每次见到袁国华，总是高兴地说："袁阿姨，您拿几份报纸、杂志！"

袁国华也是打心眼里高兴。她在暗自盘算着，要是农村或是哪儿有个靠得住的，再给他说上个对象，日子不就更红火了吗……

1994 年初的一天，袁国华在电视里看到残疾儿童要做手术，需要得到社会的帮助。第二天一早儿，袁国华便到了德胜门外，把 2000 块钱捐给了北京市慈善协会。随后，社会上不少企业、个人纷纷捐钱捐物。市政府在清河的第一福利院开了表彰大会，她作为第一人，受到了表彰。第二年，袁国华又捐了 2600 块钱。慈善协会的负责人说："袁经理，我带你到儿童福利院看看。"她们从德外来到了清河。福利院的蒋院长带着她参观。孩子们正在玩，一看见有客人，便大声奶奶奶奶地叫着，蹦蹦跳跳地向袁国华跑过来，扑在她身上。

看着这些腿脚头脑不太好的孩子，她心里一阵心酸，便问蒋院长："这里面有没有智力好一点的？"

"有50多个吧。"

"能不能接回去上学？"

"你没有孩子？"

"有，儿子女儿孙女外孙都有。我不是要，孩子还是咱福利院的人，只是寄养在我那儿。"

蒋院长笑了："那不叫寄养，叫助养。咱北京还没这先例。我们要商量商量，即使能成，也要开证明，办手续。"

"我现在是宣武区政协委员，孩子放在我这儿您尽管放心。"

"我们绝对信得过你。咱们电话再联系。"

袁国华回家把这个想法跟丈夫姚发昌一说，厚道的老姚说："一个也是轰，两个也是赶，咱有这条件，就助养两个呗。"

几周后，她带着主管部门的证明信及户口簿、身份证、体检合格证再次来到福利院。在那里，签订了合同：孩子的吃喝住药费全部自己负责。大病不能自作主张。

助养的消息不胫而走。1995年4月5日，宣武区政协、妇联、工商等部门的领导及记者都来到现场看这感人的一幕。袁国华为两个孩子买了裤衩、背心、毛衣、毛裤、衬衫、外衣，里里外外崭新漂亮，就像是两朵春天的鲜花。袁国华便给两个孩子起了名字，大的叫春菊，小的叫春梅。

这一天，袁国华摆了两桌饭，迎接两个孩子的到来。看着孩子大口大口地喝着甜美的饮料，大块大块地撕着鸡腿，袁国华的怜悯之心难以抑制，热泪夺眶而出。

孩子终于进了家门。

她们看着什么都新鲜，尤其是五颜六色的灯，更是喜欢得不行，但就会说好看，说不出其他词汇。颜色只认得白、黑、红。袁国华让她们伸出手指，数数。孩子只知道手，不知道手指。又让她们看咱家都有什么菜，只认得萝卜、土豆、大白菜，其他什么芹菜、菠菜、柿子椒、冬瓜、南瓜、西葫芦一概不知，统统叫菜。出门到街上，跑的全叫车，什么公共汽车、小汽车、摩托车一概不辨。在街上不敢走路，看见车就以为要轧着。见了谁都叫"爷爷好"、"奶奶好"，也不管认不认识。

袁国华心里一紧，这才意识到肩上的担子不轻：虽然已是6岁了，一切要从零开始。9月1日就要开学，怎么能跟得上呢。第二天，她为孩子买了书包、纸、笔等文具，放弃了店里的经营，一心扑在孩子们的身上。

早饭、午饭、晚饭三顿饭教了一个星期才记住，也不过是形象的"白饭"、"黑饭"；12种颜色教了半个月才知道……

仅在家里教还不行，还要带她们去动物园识别动物，到郊外熟悉自然，到天津去了解大海……

那时，房子小，两个小孩在一张床上总是打架：一头睡打，对头睡也打。袁国华每天看着，等她们睡着了再睡。

操心。一个月掉了三斤肉。

开学前，她们终于能数到100；学会了简单的加减法。

袁国华怕她们在差学校里受到歧视，心理上有负担，又多方联系，上了北京实验小学。请了一个小阿姨，专门接送。

行为能力的差距，使袁国华更是放心不下。她千叮咛万嘱咐："谁给吃的也不要吃，再好吃，回来说，奶奶给你们买；放学了，任何生人去接不要跟着走。"

一天放学早了点，她们跟着同学一块去书店玩。小阿姨到了学校，没有，以为自己回家了。

回来一看，没人。袁国华得知，急了，再去学校，还是没有。她心急如焚，就在附近的街道上左看右找……

终于在书店门口看见了她们。袁国华一下冲了过去，大叫了一声：

"小梅呀，你急死奶奶了。"便泪如雨下。

春梅不知发生了什么事情："奶奶，您怎么了？"

"奶奶不放心你们……"走一路，哭一路。

街坊看见了说："看您，自己的孙子都没这么动心。"

"真是孙子就不着急了。他聪明有能力让人放心。而小梅是国家的，要是有个好歹，没法向福利院交代……"

日复一日，她们对这个家越来越熟悉。生活上与城里的小孩一样。现代儿童的弱点和其他毛病显露出来。每天，小阿姨都把饭菜端到嘴边。她们也有了挑食的毛病：今天爱吃鸡蛋炒西红柿，就把在一边；明天爱吃肉丝炒蒜苗，就放在自己碗旁……

她们一天天长大，开始不听小阿姨的话了，还时常给小阿姨说个坏话。牛奶4袋一个包装，忽然少了两袋，一问她们，说是小阿姨偷吃了；肉肠一买10根，忽然少了几根，一问她们，说看见小阿姨吃了，还看见嘴动。

小孩子怎么可能说瞎话！

那天，袁国华一进门，满地是面粉、小米。还弄得古玩货物上全是。一问她们，说是小阿姨扔的。袁国华急了，"新账老账"一起涌来，不分青红皂白，就把小阿姨给辞了。小阿姨委屈地掉着眼泪走了。

等到晚上睡觉，袁国华一下发现了孩子头发里有白面，就盘问起来。

孩子一看瞒不住，只好如实说来，是扔着玩。

袁国华后悔。但人去房空，只得另换了一个小阿姨。

有了这次经验，袁国华留心了。结果在她们的枕头下面发现了跳绳、皮筋、橡皮、尺子……

袁国华很伤心，孩子不能成才，但不能给国家培养出个贼。她打她们的手，却又下不去狠手。但这些孩子都有个毛病，只要你一碰，就使劲拼命大声地哭。丈夫姚发昌听不得孩子哭，总以为使了多大的劲，跟袁国华吵一架。一次，孩子做作业，10道题错了8道。袁国华很生气，说她粗心不认真。小梅转身出去了，找到爷爷就大声哭了起来。姚发昌过来就埋怨袁国华把孩子打哭了。不免又是一架。

袁国华委屈极了，与老姚风风雨雨 30 多年，没红过脸。这是为什么呀。

小孩的毛病越来越多。笼子里的玉鸟，她拿出来把尾巴一根根拔，死了；养的小白兔一叫就跟人走，很可爱，一摔，死了。袁国华还是耐心地教育她们要爱护动物……

但有一次，袁国华真的有点后怕了。

那天，小梅上厕所，回来的路上不好好走，左一下右一下地蹦。一个老爷爷骑车左躲右躲没躲开，摔倒在墙上，起来就急了："这是谁家的孩子，在街上这么走，摔坏了你要负责，找你们家去。"

小阿姨听到声音，马上跑了出来，一听是这个情况，就打了小梅几下。小梅大声哭了起来。

街坊老太太听到了哭声，就跑进屋里来问："小梅怎么哭得这么厉害呀？"

小阿姨把情况说了一遍。

街坊又问："福利院里打人吗？"

小阿姨又跟街坊聊了几句。

过后，小阿姨把这事告诉了袁国华。

袁国华听到街坊都过问了，就多了个心眼儿。再问，原来在厕所里碰见街坊，也经常问起孩子在家里和福利院的情况。

袁国华的想法多了，经常是整宿难眠。

朋友们的多次劝告再次回响在耳边：俗话说三岁看大，七岁看老；如果要是从小带，可能会好些；有后天教育的因素，但先天的基因也不能忽视；换个环境孩子可能会好些……

好事不出门，坏事传千里；人言可畏……

本来是做好事，到头来再落个虐待孩子……

第四辑 创业

为了孩子，小阿姨辞了；与老伴吵架了；头发也变白了；心脏也出了毛病……

这些都是次要的，关键是要把孩子培养成人。成不了才事小，要是思想品格上出了毛病就对不起国家，那才事大。看来，自己是没这个能力了。

2000年9月1日，她终于下了决心，让她们到北京第二福利院去上六年级。每年资助几千元生活费，变换个方式。

六年了，哪怕是只小动物也会有感情。

路上，她泪水涟涟，边走边嘱咐着："听院长的话，听老师的话，好好学习，改掉坏毛病，寒假暑假再回来……"

她责备着她们，也责备着自己……

化解公关危机

一

这是一场马拉松式的官司,从 1994 年打到了 2005 年。这桩房地产官司震惊了全国,日前才有了结果。

这桩官司几乎被判处"死刑"。

1998 年,央视的"3·15"打假晚会上,第一个节目披露的就是这个案例。

陈俊经常调侃说:抗战八年都胜利了,而这场官司却打了十年才求胜。

浙江省义乌市宾王小区总共有 270 多个住户,有 269 户业主集体状告开发商与建筑商:房屋有严重质量问题。一时间,如房屋的"大梁像扁担"一类的报道像雪片一样,见诸全国众多媒体。舆论推波助澜,风起云涌。这些业主又共集资 200 多万元,把开发商和建筑商告上了法庭。

不久,当地高院也作出了一审判决:开发商与建筑商要付出巨额赔偿。

这样的形势,大局已定。整个公司陷入极度混乱的公关危机之中。

作为小区的开发商和建筑商,却怎么也咽不下这口气。我们为什么要赔偿呢?小区是经过国家检验的合格工程。业主却要求赔偿三四千万元的款项。纵有一肚子的委屈,也没处说。

此时,开发商的副总经理想起了一个在北京公关危机界有名声的老朋友,陈俊。

老总找到了陈俊，大体介绍了一下情况。陈俊说：企业不管存在多大的公关危机，总要有一个化解危机的办法。最起码，要有一个地方，能把心里想说的话向公众说出来。要想化解危机，首先就要把事实真相了解清楚。

　　当年的 7 月，烈日酷暑。陈俊带着几个专家南下浙江义乌。在几个星期的日子里，他查看了所有的卷宗，到实地进行现场勘察，与建设部的专家开座谈会，与当地的有关专家以及政府官员认真交换意见，掌握了第一手的资料。

　　业主购房的原因多种多样，他们大部分为生意人，有的为住宅，有的为炒房，有的一下买了一个单元。但买下来不久，正遇东南亚金融危机。房价大跌，人们的心理产生波动。

　　小区的房屋存在一定的毛病。如墙皮脱落、地面倾斜、水管安装不到位，等等。

　　针对每一个毛病，陈俊都作了详细的调查，走访了几个有代表性的业主家里，结果发现，每个毛病都有夸大其辞的成分。所谓质量问题，大都是业主使用不当，或装修不当造成的。他觉得，这个官司虽然涉及到 269 个住户，但由于每个人购房标的不同，出现的毛病不同，不应以团体案来处理。

　　在调查中，陈俊还发现，众多业主中有五个人，成立了所谓小区诉讼委员会，并以此名义刻章。陈俊要弄明白：这个小区诉讼委员会是经哪一级公安和民政部门批准的？这些人集资 200 多万元巨资，用作何用？这种集资收钱的方式是什么样的性质？

　　这 269 户可以大致分成几类：一类态度坚决，必须索赔的。这是以五人小组为主。集资的巨款也在他们手里。二类是观望态度。拿出几千块钱可以，以后还能成倍赔偿的。这种承诺有文字，但没有小组的盖章。三是打不打官司无所谓，出点儿钱也可以。

　　根据第一手的调查资料，陈俊动笔写出了《义乌 269 户状告开发商背后》。文章提出：消费者的利益应该保护，建筑商的合法权益也理应受到保护；建筑通病与建筑质量问题是两个不同性质的概念。文章出笼后，立刻引起了各方的强烈反响，也包括媒体在内。全国十几家媒体都给予全文转载。同时，也引起了全国建筑界专家、法律界专家的重视。

最高人民法院、全国人大法工委等部门都看到了这篇相关的报道。不久，最高院把此案发回到浙江省高院重新审理。开发商说陈俊提出的这个观点很有力度。以前，我们打了一个糊涂官司。事后陈俊自鸣得意地说：记得一位将军说过，重大战役的成败往往取决于某些细节。

对此事，他的体会有三：企业的合法权益受到损害时，必须要在第一时间内作出快速反应。及时主动联系媒体，采访时，一定让媒体把真相和概念搞清楚，不能偏听偏信，否则乱上加乱。策划人的职责就是要把公关危机大事化小，小事化了，把危机降到最低点，把企业的损失降到最低点。

二

陈俊的介入，引起了小区五人小组的关注。他们以侵犯当事人名誉权为由，把陈俊告上了法庭。那天，陈俊突然接到了一个电话。

"我是义乌宾王小区的住户。你是陈俊吗？"

"对，我是陈俊。"

"你的报道严重失实。侵害了我们的名誉权。"

"我没有失实，也没有污辱性的语言。"

"你知道要负什么责任吗？我们要同你打官司。"

"我也会奉陪到底的。"陈俊底气十足地说道。

陈俊仔细翻阅了有关法律条文。

什么是侵犯名誉权呢？报道严重失实；使用污辱性、谩骂性的语言；有基本事实，但使用了污辱性、谩骂性的语言，这些都属于侵犯了名誉权。而有基本事实，但没使用污辱性、谩骂性的语言，不属于侵犯名誉权。

法庭开庭。

只有 5 个人。对方来了两个律师。陈俊也和一个律师一起。大家都在用事实说话。搬出的都是法律条文。陈俊把一审判决的资料全部呈给法庭。

法庭举证、质证正在进行。双方律师进行辩论。案情十分明白。最后的审理结果，是中止诉讼。此案等原案有了结果再审理。目前，陈俊正依据高院的判决请求法庭继续开庭。

三

有一位民营企业家也姓陈，名呈富。现在他是陈俊的铁哥们。两人的相识完全是一个巧合，也算是一个机缘。

陈呈富是浙江省第一批民营企业家，1997 年，陈呈富以行贿受贿的罪名被抓了起来。房子封了，孩子求学受到了严重影响。一拘就是 20 个月。审来审去，什么事也没有，最后又给放了。

无缘无故地抓，不明不白地放。陈呈富越想越冤。于是，他只身踏上了进京的火车。

一贫如洗。他只能买硬座。

火车上，他正好碰上了一位进京开会的人。俩人聊了起来。

"到北京干什么？"

"告状。"

"有人没？"

"没人。"

"你自己有什么背景？"

"没有。"

"你还告什么状？"

"那也告！"

为了心中的梦想

"那好，跟我走吧。"

出于同情心。那人把陈呈富带到了自己的住宿地。

会议的议程中有一项是在人民大会堂开新闻发布会。正巧陈俊也参加了那场新闻发布会。陈俊拿着照相机穿梭在会场。那人有意与陈俊搭讪。

"听口音，咱们都是浙江人。你是哪儿的？"

"台州。"

"你呢？"

"杭州。"

老乡见老乡，马上熟悉起来。

那人说："我刚刚认识了一位老乡，是到北京来告状的。请你中午有时间到我这里来。"

会议一结束。他们就来到了住宿地。陈呈富拿出了所有的申述材料。

陈俊见状，随口问："材料真实吗？"

"真实。"

"准确度？"

"90%。留10%，需要你自己去调查。"

"还缺一些相关资料。那你马上回去取。"

陈呈富马上动身，三天又从义乌打了个来回。

他把取来的资料交给陈俊。陈俊问："在京申诉的生活怎么办？"

陈呈富说不知道。

陈俊说："你就住在我那儿，外面费用太高。"

"这多不合适。让你帮忙，还要打扰你？"

"没什么不合适的。"

晚上，陈俊执意让陈呈富睡在床上，自己打地铺。陈呈富感动得不行。但怎么也拗不过主人的盛情。过去这么多年了，直到现在，陈呈富还念念不忘当初的情景。

此后，陈俊全程了解陈呈富的案情，从法院到检察院。并走访了现场，获得了第一手资料。陈俊得出结论，这确实是一桩冤假错案。不仅如此，这还要涉及到国家赔偿问题。

于是，陈俊动笔写出了《陈呈富，你何时受到赔偿》。文章在许多主流媒体上发表，不少读者打来电话，表示声援。还有的读者表示，要给陈呈富的申诉以财力的支援。

在陈俊和其他有识之士的奔走呼号下，终于有一天，法院把陈呈富的门上贴了7个月的封条给撕了。然后又叫陈呈富去领国家赔偿金共1.54万元。陈呈富首先想到的就是给陈俊打电话。

陈俊说："有些钱，一分钱都不能要，这个钱，哪怕是一分也得要。"

陈呈富手里拿着一万多块钱和一张国家赔偿证书，心里有说不出来的滋味。

他觉得终于有了扬眉吐气的一天。

四

北京怀柔南关村。

它曾是1992年的北京市十面红旗之一，首批跻身亿元村的行列。

时隔不到十年。该村经过审计，人均负债10万元，且不分耄耋老者，还是待哺之婴。

这其中到底发生了什么样的蜕变？

原来，村民代表大会多年不开。村级账目长期不清，老百姓很是义愤，多次集体上访，请愿，甚至下跪，拦阻首长坐车。他们不断向上反映这些问题，但石沉大海。

这时候，有人慕名找到了陈俊，让他帮助处理村里出现的危机。

陈俊听了此事，真感到触目惊心。

他查看了该村的大量资料，觉得此事必须先下去实地调查。

前几年，该村搞房地产开发，盖了一片小区。没有任何审批手续，就占了土地59亩。楼盘销售所得的3000多万元款项又不知下落。业主的房产证全是以村委会的名义发的。五证皆无就以产权的名义出售。令人可笑的还有：房屋没有设计建筑图纸，电线杆竖在业主的屋中央，高压线横贯在楼房顶，举手可及。一楼的地面如地洞，二楼用木棍当承重墙，支撑三楼的地板。各楼层水泥地板厚度大大低于国家规定的标准。

经过三个多月的明查暗访，陈俊取得了大量第一手材料，发现里面的名堂比想象的还要多。村里账目不公开，长期混乱。原先村里的头头，竟把村级经济研讨会开到了香港、澳门的红灯区。

根据掌握的第一手材料，陈俊一方面逐级反映该村的问题，一方面，陈俊觉得应该把此事公布于社会，他下笔写出了《这面红旗是如何落地的》、《这个责任由谁来负？》等文章，翔实披露了该村存在的严重问题。

"红旗村"变为负债村的问题，立刻引起了社会的广泛关注，也引起了高层领导的重视。于是，由市委组成的三级调查组进驻该村，对问题调查得更为细致，不久，该村的问题真相大白，水落石出。涉及问题人员上上下下都落入了法网。

各个相关部门也采取了措施。电力部门移走了高压线。建筑部门对房屋修缮加固。从而，老百姓的问题得到了彻底解决。

塑造美丽

一

相约在茶楼。

塞车。让她等了许久。我很有些过意不去，于是低着头，作出解释。

一杯清茶，飘起缕缕云雾。我看着玻璃杯中上下浮动的茶叶，与她寒暄。

她递过了一张名片——史灵芝。我有些惊奇。为什么毫不含蓄，叫这样美丽的名字？

我慢慢抬起头，开始打量着对面这位女士。圆眼，小瓜子脸，戴着细长的黑边眼镜。长长的头发披在脑后。黑白红三色线条交替的长袖衫，将皮肤衬托得更加白皙。她的身后，是一整块厚厚的玻璃，上面炸开钧瓷般的裂纹。淡淡的灯光，把她身影的轮廓衬托得格外清晰。她的脸上没有那些搞美容或是化妆品的女士泛起的油光。一切都是那么自然。只是两道剑眉，修整得十分精致、对称，让我产生了一丝疑惑。

她看到我的神情，连忙解释说，家庭是中医世家，到她这里，已经是第五代了。父亲是著名的老中医。她是父亲的掌上明珠。灵芝是中药里的极品，名字算是父亲的心愿吧。是不是太俗了？她反问我。

我倒没这种感觉，只是觉得这个名字和她本人非常"中国"。虽然她在打扮，却没有妖艳或是西方化的倾向。因为在她的这个年龄和她的经历，很容易产生这样的思潮。这大概要归结到她家庭潜移默化的影响。

二

她很爱美，很爱打扮。这大概要从孩提时代说起。在很小的时候，她就喜欢洋娃娃，就可以为娃娃编小辫儿。三四岁时，又喜欢收集手绢，喜欢上面的图案。什么小猫、小狗一类的小动物对她产生了巨大的魅力。她一块接一块地买。算起来，恐怕要有近千条。母亲见太多了，怕丢，于是把手绢连在一起，成了一张张五彩缤纷的布单。太多了，母亲又用它包玩具。

直到现在，她依然钟爱这些饰物。家里几乎每一处都用各种饰物装饰起来：卧室、客厅、书房里的饰物和工艺品琳琅满目，就像进了商店。沙发上，门把手上，哪里都能触摸到。披着婚纱的娃娃站在桌子上。各种小动物和工艺品挂在墙上。再看那些最不起眼的地方：纸篓上套着个小布狗；电饭锅上包着个小熊。这些来自世界各地的小饰物、小娃娃点缀着她的居室，也装饰着她的心灵。

这些饰物、工艺品延伸到了她的办公室里。

又蔓延到了她的汽车里。

她的生活里充满了女人味；她对生活充满了信心。

如此喜欢小动物是不是有些纸上谈兵？

她说，不是的。她还真的先后养过两只小狗、两只小猫。她很爱它们。小动物更爱她。尤其是小狗，整天愿意让她陪在身边，和她亲不够。如果她晚些回来，小狗就扑上来，依在她的身旁，叫个不停，就好像在说，你怎么这么晚才回来！每到这个时候，她的心里就难受。但是，工作忙，很多时候她无法早回家。于是她只能忍痛割爱，不能再养了，只落得一个隔窗望景。

三

她还有一个爱好，就是购物。但她从不买化妆品。她对这些品牌太熟悉了，反倒失去了兴趣。到了商店，除去饰品、床上用品，就是服装。她太爱衣服了，进到商店就出不来。她并不追求奇装异服，而是觉得，只要是精心设计的衣服，一定是精品。她喜欢带蕾丝的服装，那样显得更为精致。

她喜欢纯色。黑、白、黄、红、蓝，是她喜欢的颜色。当然最喜欢的还是黑色。这倒不是因为她的皮肤白皙，而是她觉得黑色稳重，静，雅致。

对于流行色，她自有看法。因为既然是流行，就肯定有不流行的时候。今天跟着流行走，明天就可能会失去宠爱。流行色对每个人来说，并不一定都适合。所以要有自己的观点，要以我为主，才会有个性，才能与众不同。

她最喜爱的是一件从澳大利亚买来的绿色纱裙，上面镶嵌着金光闪闪的"宝石"，穿起来雍容华贵，很抬人，也体现了主人的品格。

她在极力追求着美。

她对美有一套自己的看法。外在美与内在美的结合，才算美。人的心灵要美，要有人格魅力，学识要广。人的外在要精致。作为女人，还要温柔、优雅，这样才能具有女人味。作为人，没有十全十美的。但在科技迅猛发展的现代社会，很多不能想象的事，都可以做到。现代社会的美，应该是内在美加外在美，再加上高科技。因此，现代社会出现了所谓"刀下美女"。不能说这样的人不美，也不能说这是假冒。应该看到，科技是人们对物质世界进行改造的成果。经济的发展，促进了科技的进步。人类在改造物质世界的同时，也在改造着人类自己。这种成果为什么不美呢？

她的职业就是塑造美。她要让周围所有的女人美起来，这样才算是对美有了交代。

四

她在极力营造着一种氛围，使她更加具有女人味。我在担忧，她的家、汽车、办公室里面的种种装饰，是不是显得女人气太重。她的儿子怎么办？都 10 岁了，难道不怕他沾染上女子气，成为现在流行的男孩女性化？

她早已意识到了这个问题。她在充满女人味的氛围里，为儿子创造了一个小环境。孩子的居室，又有一派新的氛围：墙上，贴着欧洲的球星海报，挂着篮球架、宝剑。平时，让舅舅带他去踢足球。她注意培养他的男人性格，避免出现畸型。

孩子长得很漂亮。外语很好，动画片从来都是让他看原版的。他的性格比较随和，处理事情不温不火，很是得体。

他很懂事。有一件事特别让她感动，让她感到孩子的成熟。

那次，她花了不少钱，买了一件衣服。母亲很心疼地说，咱是靠着自己的技术挣的钱，不能那样大手大脚。要是值还行，要是不值，不是有些过分了吗？她觉得母亲管得太宽。自己的钱，连这么一点儿自主权都没有吗？于是顶了母亲的嘴。母亲很不高兴。

孩子站在一边，叫她出去遛遛弯儿。

到了外边，孩子说："那件衣服确实不好看，也不值。"

她说："真的不好看？"

孩子说："真的，最好退掉。"

她说："那我明天就退。"

回来后，孩子对她母亲说："姥姥，妈妈决定把衣服退了，您就别生气了。"

事后，她感到很欣慰。她觉得孩子真的长大了。

五

母爱像一眼流淌不尽的泉水，滋润着她和孩子。母亲能为她和孩子付出一切。母亲风风火火，泼泼辣辣，是个干事业的人。父亲和蔼可亲，是个很温和的人。他们都对她充满了关爱。每天都要打电话来询问。什么时候回家。她的工作很忙，每天回来得都很晚，一开始，父母不放心，后来了解了她的情况后，也就踏实了。

最让她难忘的是，父母为了让她有一双称心的袜子，能买下一打，让她挑选。

她作为女儿，最了解父母的心。她知道，父母这么大的年龄，需要的不是钱，最好的报答，就是每天主动打个电话，报个平安，送上一个问候。

为了尽到女儿的孝心，她为父亲买了双旅游鞋。父亲却从来没穿过，而是时不时地拿出来看看，自豪地说，这是女儿给买的呀！这让她心里非常的激动。激动之余，又有些酸楚。她知道了人上了岁数后，最需要的是什么。

六

做美容并不那么简单。这也算是一个系统工程，不仅需要技术，而且最开始先要与手术者谈天，做心理咨询。手术者一般有三种心态。一是纯粹职业的需要。有些人在外企或综合条件比较好的单位工作。二是个人的五官或身体畸形。三是个人的条件很好，年纪又轻，是为了锦上添花。面对不同的顾客，要做不同的心理沟通。而且还要看顾客的心理是否健康。有的人把自己的目标定得太高，一上来就要求做成韩国影星金喜善，或是做成章子怡。能不能做成那样，要看本人的条件是否具备。即使有条件，也要做出一整套方案才能实施。太高的要求，万一做不出来，顾客的心里肯定承担不了。

所以要争取手术做一个成功一个。一要以信誉为先。这要有最先进的技术作为支撑。二要做到人性化服务。要以科学的态度，站在病人的角度去做事情，重视每一个环节才会有好的结果。要用最好的医生、最好的设备、最好的药物，去为病人服务，减轻病人的痛苦，体现出手术的科学化、严谨性，把病人当成自己的亲人看待，才能体现出人文的关怀。

七

她端起了清茶，呷了一口。

无意中，我看到了她的那只手。这与我想象中的有一些距离。她说过的那些生活，和自己追求的那种氛围，给我留下的是一个小女人的形象，所以这只手本应该是一只纤纤细手。但是她手指的根部比较粗。五指并起来，密不透风，是一只不漏财的手。手掌也比较厚实。人们想象中，她的手应该软，其实却比较硬。

论本质，她不是一个小女人，而是一个很要强的人。在一家医院，尤其是美容医院，要处理的事情很多，需要承担的事情也很多。无论天大的事，她都敢于承担。别人的意见她都会认真考虑，但她很有主见。认定的事，就一定走到底。

每一个员工的生日，她都记在心上，都要送一些小礼品。与员工之间，是友情，也是亲情。为了别人的事情，她宁肯把工作放一放。她觉得，这是一种人格的魅力。员工里有一个大姐，她的孩子有残疾。孩子生日的时候，她赶到了大姐家里，为孩子过了生日。大姐感动得不行。眼泪都掉下来了。北方人豪气，连大姐都想为她两肋插刀。

她觉得，做人首先要真诚。不说谎言，即使是善意的谎言也不说。她做人的准则是：宁可别人亏我，我绝不亏别人。这与《三国演义》里的曹操正好相反。她对待人的方法是：如果别人骗她，她不认为是有意的。

做企业何尝不是在做人？

八

她毕业于沈阳医学院。两年后，她东渡日本，学习美容。在那里，她学到了不少美容方面的知识和管理上的技巧，比如怎样把一个美容项目分解，等等。之后，又到美国学习，获得了美容博士学位。她在国外的专业杂志上发表过论文。有论文获得过第五届中日整形外科学术论文二等奖。

之后回国，在辽宁办起了杏林整形美容院。从杏林这个名字，就能看出她有多么"中国"。她的整形美容医院被辽宁省的多家医院指定为教学医院。她还被大连医科大学聘为客座教授。她与其他单位联合主办了全国整形美容外科专业杂志《中国实用美容整形外科杂志》。她还担任了《整形外科学》一书的副主编。

她对国外很熟悉，对国外的时尚人物和同行业的发展水平很了解。与韩国、美国、法国的美容机构有常年的业务协作与交流。2003 年 3 月 15 日，在法国召开的世界健康论坛上，她讲演的《21 世纪女性健康》得到了国际同行的关注。

她有着不小的雄心。她想在中国与国外的专家联手做一些事情，搞国际间的交流，对时尚前沿的问题做广泛的交流。目前她已利用网络化微机管理系统实现远程网络通讯，并定期组织国际专家顾问团进行网上会诊咨询。

她希望同国际间的同行携手，为更多的人带来幸福快乐，把世界创造得更加美丽。

九

我们谈得很轻松，也很投机。我举起充满碧绿的茶杯，向她示意。她也举起了茶杯。

我终于开口问她："你为什么不美容？"

她淡淡地一笑说："你是不是看着我很老了。"

我说："从眼角上看，跟你的年龄一样，很青春；从手上看，有些'手'过其实。"

她放下手中的茶杯，低头把手左右看了又看，然后说："我的感觉还好，自认为身体各个零件都还不错。但是如果有一天觉得看不过去了，那么一定要做美容，永葆青春体态。"

为什么不呢？

为了心中的梦想

一

血！

生命的源泉。

上个世纪初，科学家发现了人类的 ABO 血型系统。从此，输血便成为临床医学的一项革命。战争年代，人们曾用血液救助过无数的生命。

血液对生命的作用无可替代。曾几何时，血液却又成为人们最为头痛的课题：血型抗原、血型抗体，一直逼迫着人们只能用同种血型的血输液；血液中的凝血因子的丧失，又使得人们只能在很短的时间内保存血液；更为重要的是血液中的各种病毒的成分，使得人们对输液又充满了恐惧。

仅据联合国艾滋病规划署 2001 年 12 月 1 日的数据，现在艾滋病病人及感染者总人数为 4000 万，其中有的就因为输血所致。国内 2001 年国家统计，全国地级市以上中心血站一年使用全血和血浆约 1800 吨，造成上述各种感染病感染人数每年约为 538 万人，其中输血浆造成的感染人数约占一半，为 269 万人。每年因不纯净血浆而导致的各种感染病有病毒性肝炎、艾滋病、疟疾等。目前，特别让人关注的是因输血所引起的 HIV、HBV 和 HCV 三种病毒。因为这三种病毒的感染率特别高，且危害特别严重。全国 200 多家供血机构，由于未经病毒灭活处理，存在严重的传播病毒性疾病。常见的经血传播的疾病有艾滋病、各种肝炎病毒等。据国内部分地区抽样统计报道，上述疾病感染率为 5.98%。目前我国的艾滋病发病人数约 85 万，感染人数约 1700 万。乙肝患病人数约 1.2 亿，丙肝患病人数约 1000 万，并且还有丁肝、戊肝、庚肝病毒等无法检测及未知传染病毒。据《中国输血杂志》1996 年的报道，对临床用血 74759 袋输用前复检，有 185 袋不合格，总阳性率为 0.247%。一些个案时有发生。据武汉《楚天都市报》报道，2 名产妇输血后感染艾滋病，返家后又感染给丈夫和新生的孩子，造成 2 家 6 口人全部感染艾滋病，其中一名妇女已经死亡，经法院判决一次性赔偿人民币 47 万元。

正因为如此，上个世纪的百年中，人类一直在不懈地努力。从发现了枸橼酸钠，找出了防止血液凝固的抗凝剂开始，到两种血型的通用，再到使用 S/D 方法等多种病毒的灭活处理，人类进行了 90 多年的探索。终于，人类找到了一种较为理想的新一代血液制备方法。

这就是本文想要隆重推出的主人公——杜祖鹰的工作领域。他中等身材，极宽的额头，菱角形的嘴，一双大而明亮的眼睛。头发很黑，外表看，不像 50 出头的人。

二

16 年前，杜祖鹰还在北京做外科医生时，就已经注意到了血液制品。每次做手术时，病人的心脏要停止跳动。机器里要预存大量血浆，用量很大。但因为输血容易出现感染等各种问题，经常有砸玻璃、打医生、理赔等事情发生，为医院招来不少麻烦。

杜祖鹰的血液制剂是最新的科技制品。他选定这个项目，与国外的专家一起联合攻关，用了一至两年的时间，做了大量的基础性工作，攻下了病毒灭活的难题。美国人不想做，又推荐了马建川。她是一位有着近 20 年血液制品基础理论研究的专家。她又用了 3 个月的时间，经过了无数次的试验，合作发明了两项专利：无血型病毒灭活冰冻人血浆，即新鲜血浆；

无血型病毒灭活冻干人血浆，即固体血浆，可用于创伤急救、战备储存等。

这个制品的名字是"通用型冻干血浆"。它有四个特点：一是无血型。普通输血要分成 A、B、AB 和 O 型四种血型。而此项技术可以不分血型，对各种血型的病人都可以通用。二是病毒灭活技术。它可以用 SD 技术把病毒全部杀死。它可以经过病毒灭活，杀死血浆中各种肝炎及艾滋病毒，根绝血源传播疾病。三是冻干技术。血浆是液体。而此技术，可以把血浆变成固体，便于保存和运输，在常温下可以保存 3 年至 5 年。目前，国外采用的全部是冰冻法，这种方法在 −18℃ 下仅保存一年。四是凝血因子易失活。前三项技术已经远远超过了美国等发达国家。其中，凝血因子和无血型最为关键。其有效、持久在世界领先。

凝血因子的半衰期很短，只有几秒钟的时间。举个例子：手上割破个口子，很快就能止血。原因一是血小板，更重要的就是凝血因子起了作用。这是个很关键的技术。经过无数次的试验，终于成功。目前，在经过了一年多的测试中，尚没有衰减。

血型也是一样。把不同的血放在一起，去掉个性，找出它们的抗 A、抗 B 凝血集，即 4 种血型之间的共性，求得最佳状态。

2003 年 7 月 24 日，由发明人马建川、杜祖鹰提交的"通用型冻干血浆及其制备方法"由中华人民共和国国家知识产权局批准。经世界 116 名专家评审，此两项专利，获得日内瓦国际专利技术博览会金奖。这是我国医药界首次获此殊荣。

三

他的心胸博大，想在中国的东南西北中建立 5 个血液制品基地。

因为，美国有血型 S/D 血浆采集、生产和供应。其模式是：献血者（来自血液中心提供的自愿献血者）—美国红十字会采集—VITEX 公司进行病毒灭活（全美独家生产）—美国红十字会分发（印第安那州装船）—独立血液中心—医疗机构使用。

美国红十字会采集时按 ABO 血型分类存放，VITEX 公司按 ABO 血型分类进行灭活，血液中心按 ABO 血型分类包装、贴标签批号、记录去向。按 FDA 要求，VITEX 公司有产品回收机制。在这里，年产 200 万至 300 万袋冰冻血浆，年存 40 万袋随时调拨。

而杜祖鹰的通用型人血浆参照美国的采集、生产、供应模式，却又有不同：献血者—血站采集原料血浆—米歇尔公司进行病毒灭活—通用型生产工艺制备新鲜冰冻/冻干血浆，然后再到国内市场、国际市场和战备储存。

国内人口多，面积大，这就是在国内，按此模式进行 5 个点铺设的原因。

采集、生产和供应的模式，美国要 6 步，而杜祖鹰只 4 步。

美国要分不同血型，进行 4 次病毒灭活，还要分类保存、包装、标签、批号。而杜祖鹰全部只有一次。

有了这个平台，就可以把国外的先进技术和高科技人才引进来，把血液制剂变成参与世界级的拳头产品。企业就能有参与世界竞争的手段。

他的血液制剂引起了美国人的极大关注。美国人斥巨资 7000 万美元，想收购杜雄鹰的血液制剂。

道理很简单，市场巨大。上世纪 90 年代初，中国临床需用冻干血浆及冰冻血浆产量约 900 万单位（200ml/单位）。2001 年卫生部统计全国地级市以上中心血站供临床使用全血 1800 吨，其中血浆 990 万升，约 990 万单位。全国临床新鲜血浆用量约 1000 万单位，按每人 0.0025 瓶（欧美 0.2 瓶/人）计算，预计年销售额 120 亿元。目前全国地级市以上中心血站供临床使用新鲜血浆几乎均是未经过病毒灭活的可能含有不安全因素的全血及成分血。战备储存。几百万军队，按每人 2 单位战备储存，就是可观的数字。

全球经济一体化，通用型新鲜冰冻和冻干血浆将是出口国际市场的热点。目前已有韩国、以色列等国与公司进行出口贸易的协商。可以出口创汇，同时还有巨大的社会效益。此产品安全有效地解决了这一难题，杜绝了经血液传播的病毒性疾病，对增进人体健康，具有划时代的社会意义。

杜雄鹰拒绝了，这是因为他知道这个血液制剂的价值。

这样一个巨大的市场，谁不动心。原料就是人体血浆，采取时，还可以把红血球和白血球还回身体。这样的采血法，两周一次，对人体没有影响，且已被社会公认。其社会意义相当大。使用时，把粉状的血浆用稀释液还原，两分钟之内，就可使用。有了红血球，3天就变性。这就是不要红血球的原因。

此外，杜祖鹰还从国外引进了蛋白环技术。它是一种胶状物，用于血管、神经、胆囊等人体的手术，不用针线缝合。目前已分别在美国、中国上了临床试验。这一技术将使人类告别外科史上用针线缝合的刀耕火种时代。换来的是外科医生的解放。其用途之广，将超过目前市场上销售的任何一种医药产品，经济效益无法估量。

杜祖鹰不是不开眼的人，也不是捞一把就跑的人，况且又有这样的专利、技术在手。他要用这个价值去实现心中的梦想。

他心存高远，自有打算。

四

他作梦都想得到一笔巨资，去实现他心中的梦——在中国办起一个心肺移植专科医院。他已入了澳大利亚籍，是墨尔本皇家儿童医院的医学博士，在 ST. Vincent's 医院心脏移植中心做外科医生。那里的医生待遇很高，他的医术又很高超，信任度也高。他与爱妻还开了两个超市。两个聪明可爱的双胞胎，都已经长大成人。洋房、别墅、游泳池、汽车、游艇，

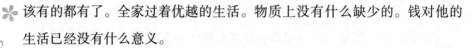

该有的都有了。全家过着优越的生活。物质上没有什么缺少的。钱对他的生活已经没有什么意义。

8 年前，他千里迢迢跑到在北京的卫生部，一打听才知，需要两个亿的资金。这对他是个巨大的数字。他拿不出，梦想只能暂时告一段落。他在为资金不懈地努力着。

他盘算着怎样得到两亿元。

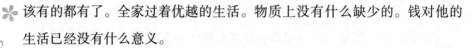

他是湖北监利人。1995 年，他满怀热情，从澳大利亚回到了中国。在回老家途中，他遇到了沙市市长。他把这个想法一说，市长劝他，医院在国外是福利慈善事业。即便是在台湾和香港，也都是那些成功人士，在取得巨大利润后才办起医院的。何不先做实业，再做福利慈善事业。

这话打动了他。他萌生了做企业的念头。可自己是个医生，办企业不熟悉。正巧他来到了万县铝制品厂参观。这个厂的厂长原来很穷，连媳妇都娶不起，后来娶了个湖南妹子。但厂长能吃苦，又很能干，奋发努力，企业现在的效益很好。他的经历激励了杜祖鹰。人家能吃苦，我为什么不能吃苦？身体、学历、眼界，哪个方面都不比他差。他能做生意，我还是洋博士，一定要做。

他在鄂州，遇见了市委书记，又谈起了想办企业的事。书记说，这里正有个铝型厂，怎么样？什么都是现成的，只是缺少流动资金。市长、局长、厂长带他一通考察。他说，复杂问题简单化，只问工程师三个问题：

"在这里投资做这个行业能不能赚钱？"

"这里产铝粉，现在运到广东加工成铝材，再返销运回来，只收加工费就能赚钱。"

"投资多少？"

"企业只需流动资金 400 万元就够了。"

"技术上有无把握？"

"我干了 10 多年，没问题。"

于是，杜祖鹰签了字。"雄鹰铝业"这面旗帜打了起来。

5年的时间里，生产线由一台变成四台。企业的年产值由2000万元跃升到1.4亿元，利润已达到1000多万元，成为湖北省工业企业的"大哥大"。

这不仅为他提供了资金，更重要的是为他提供了信心。这期间，他还穿行于中国和澳大利亚之间，并没把精力全部投在这里。

2000年，他决心放下"屠刀"。技术再好，一天只能治好一个人。办起医院，作用要大得多。想来想去，他还是放弃澳大利亚，抛弃优越的生活，回到国内。

他在山东泰安，找到了一个生物研究所。三家合资，成立了米歇尔生物工程有限公司。杜祖鹰出任董事长兼总经理。他在用他的知识，他的理念来解读着这个企业，展示着他的才华。这是他心灵和智慧的展现。

五

在中国办实业，他感觉最难的是海外文化与传统文化的一种撞击。在这种撞击中，有幸运儿，也有失败者。

杜祖鹰当年在家里，父亲、学校对他的教育是：三人行必有我师；谦虚谨慎，戒骄戒躁；会的也要说不会，或是做不好……

而他到了国外，遇到的却是另一种人文环境。他是外科医生，对手术刀情有独钟。左房粘液脂是一种在中国发病率很高的病。杜祖鹰每年要亲手做这样的手术近20例。而这种病在世界上其他国家很少见。一次，他在医院遇见了一例这种病人。当地的洋大夫与他一商量，他当然很谦虚地让位给洋大夫做主刀，他当副手。洋大夫并没做过这样的手术，只是从书本上看过，没有实践。由于技术生疏，在手术台上，病人流血不止。洋大夫手忙脚乱。他告诉洋大夫，在哪里用止血钳等等要领。洋大夫立刻要求与他交换了主副位置……刚一下手术台，那位大夫大骂杜祖鹰，是在出他的洋相，是在看他的笑话。杜祖鹰有些莫名其妙。洋大夫说："你会为什么说不会？"

杜祖鹰后来学到了国外的理念：会的就是要说会。要据理力争，人家才会知道你的能力，才知道你的价值，才知道你能创造多少利润。他在国外的 8 年，已经习惯了那里的思维方式，习惯了那里的人文环境。

现在又回到了中国，他又要重新适应环境和改造环境。这里面也充满了艰辛。

澳大利亚的媒体报道，回到中国谋求发展的中国留学生，有 99.5% 的人又返回了澳大利亚，在中国能站住脚的只有 0.5%。他分析了这里面的原因，概括有三点：生活差距太大；经济实力并不雄厚；人文环境差距太大。其中，不能适应两种文化的占了不少比重。

事实也印证了他的感觉。有次，杜祖鹰让一位科长把"大罐"的尺寸测量出来。后来他发现，那位科长在漆黑的几吨重的大罐子里，用手电筒照着亮，拿盒尺在测量。他正从旁边路过便问，能准？科长说，能准。他很奇怪，怎么会准呢？手劲的大小、情绪的高低，都会影响到精度。国外已经精确到了毫升、克，咱们还用尺子量。这是缺乏精益求精的精神。

从深层次来分析，这是一种国民性，就是"差不多"的观念在作怪。近百年前，胡适先生就写出了著名的《差不多先生传》，深刻分析了国民"差不多"、"大概齐"的弱点。过去了近一个世纪，"差不多先生"依然活着。

从企业的角度来分析，就是在"细化、量化、严控"这 6 个字上存在差异。在国外做外科手术时，病人开刀从手术室出来，不是盖被子，而是塑料充气薄膜。空气每增加 1 度，病人的体温就会增加 0.1 度。人家量化到了这个程度。而恰恰就是这个 0.1 度，对重病人的血液循环起着至关重要的作用。

再比如，心肺病人在做手术前要训练咳嗽。告诉病人怎样咳嗽。因为当手术后，把别人的肺移植过来，这个肺没有这种反射。它要神经通过神经中枢反映到肺上，肺是被动的。一定要在之前做咳嗽训练。国内的医院没想到这个程序，认为谁不会咳呢？而缺少了这个程序，再好的手术，往往就是因为一口痰没咳出，造成病人毙命。

科学就是要讲究精确。

其实，人们在生活上也应该细化。营养要量化，每天吃多少主食，多少副食都要精确，这样才能保证身体健康均衡地成长。

回到国内又回到了原来的环境。他从黄土文化到海外文化，再回到黄土文化。这在心理上给了他不小的冲击。什么事都"差不多"、"大概齐"，这对企业将是致命的隐患。他下令，把尺子扔掉，用红外线进行数字化扫描测量，得出了精确的数据，把体积、重量、温度全部用电脑储存起来。他不想做一般，做就做最好。

在国外，环境影响他；在国内，他要影响环境。他知道这里的艰难，但他依然在做着转变全体员工思想观念落后的工作。有机会，要让主要人员轮流到国外去参观学习。

西方的哲学家和社会学家认为，推动人类历史前进的根本动力不是金钱，更不是权力，而是观念。思想观念的威力是无穷的，它将是推动米歇尔公司前进的力量源泉。

他对下属和员工讲，要严格按照"细化、量化、严控"这 6 个字去做，达不到世界一流产品的要求，我负责。他不想成为那 99.5%。产品已经进入了临床试验阶段，即将投入规模生产。他现在没想走，要在国内站住脚。筹备在新加坡上市。公司将迈出一大步。计划在全国融资 80 个亿，每个点投资 15 个亿。

六

心灵手巧。他看过一次手术，就能记住手术的精华，就能模仿。法国的外科医生做过一台二尖半替换手术。那是在 1986 年，他还没出国，在北京阜外医院。那个大夫在心脏手术没做完时就开放心脏的复跳。这在国内是禁区，怕空气进入心脏产生气拴，出现生命问题。国内人没敢想，而那位大夫做了。要冒险，手就要巧，要在半边心脏跳动时，把空气处理好。他学会了。外科大多是技术活，像缝纫绣花，又像写字画画。从病人的刀口上就能知道大夫的功底。有的大夫一辈子缝的刀口都歪歪扭扭。不是别的，就是人的质量意识。

提高人的质量意识，不仅转变观念，还要在管理上作文章。他研究了英国泰勒发明的 6F 管理法：定人（Fixed person）、定事（Fixed matter）、定量（Fixed quantity）、定时（Fixed time）、定检（Fixed examination）、定酬（Fixed benefit），即六定。责任人是谁？他要干什么？每天什么时候做、做几次？部门负责人要自检、互检，执法部门还要巡检。这个岗位的薪金多少？奖罚怎么个办法？每天的早上 9 点，必须把前一天的检查报告送到办公桌上。真正按 6F 去做，就没有管理不好的。

为什么麦当劳、肯德基能在世界上那么广的范围，有长达百年的生命力？就是因为它的产品在全世界各地，吃的全是一个品质，享受的是一样的服务。其内涵就是管理。他就是要在中国打造一个生化领域里的麦当劳、肯德基。

成本怎样量化？他要求职工，对企业 200 元以上的开支都要问个为什么，能不能再少一点，节余的部分按比例归个人。在他的要求和制度下，企业里没有了常明灯，没有了常流水。

怎样解决每个部门人浮于事和人手紧张的问题呢？要以科学作为依据。他采取了国外成功的办法。用秒表，测出这道工序的 20 个动作的时间，以此单位时间作为原始依据。人与人间的差距，从统计学上再取出 6 个人的平均值，就能得出这个部门所需的准确人数。

他最喜欢的事就是工作，觉得最有趣的事就是外科手术。多年的外科手术生活，使他养成了晚上很晚才睡的习惯，要回想一天的手术，一个动作一个动作地回想。外科手术不是在用手做，而是在用心做。哪怕是最后的缝合、针的出入角度都不例外。因为在手术台上，根本不可能有时间琢磨。科学的管理、严谨的回答，依据就来自己的琢磨。

要把企业办成一个常胜不衰的百年老店，就要从规章制度上下手。在企业的决策层，一定要建立起决策、管理、监督的构架。企业上市后，还要把投资权与决策权分开。企业进入良性循环的轨道后，身兼二职，权力集中的情况就会消失。他就会辞去总经理的职务。无为而治。无为而无不治。用法制，而不是人治。这是管理的最高境界。6F法就能达到"无为"的境界。

他对职工讲，他的这种理念如果有错误就一定要改，如果认为对，想通了，就一推到底。逢山开路，遇水架桥。没有什么能挡住企业前进的脚步。他最欣赏的就是丘吉尔在牛津大学的著名演讲——《成功的秘诀》。

我的成功秘诀有三点：第一点是决不能放弃！

第二点是决不、决不能放弃！！

第三点是决不、决不、决不能放弃！！！

当台下成千上万的听众还没回过味来的时候，讲演已经结束了。接着，人们报以热烈的掌声。

这次演讲被评为世界上最精彩、最有震撼力、最有教育意义的演讲。

这三句话，影响了他的一生。

美国著名经济学家 Paul Pilzer 预言："人类过去的一万个亿花在如何治病上，而进入 21 世纪后，人类的一万个亿将用在如何不生病上。"他对自己事业的前景充满信心。

七

归国之初，老家监利福田寺镇的镇委书记和镇长找到他。要让他解决

第四辑 创业

全镇 9 个村的饮水问题。当时，家乡人一年四季吃的水是：

春天黄泥水，

夏天农药水，

秋天黄麻水，

冬天没有水。

因吃这样的水，死于肝癌的，仅杜祖鹰阔别多年还能叫得出名字的就有 10 多个。

他毫不犹豫投资 300 万元，办起了个日产自来水 5000 吨的"雄鹰水厂"。

乡亲们喝上了"洋医生"带来的"活命水"。感谢信逐级从地方上交到了中央。

2000 年 8 月，国务院侨办发出邀请，让杜祖鹰参加在北戴河召开的首届"海外成功专业人士座谈会"。在会上他说，ST. Vincent's 医院有不少中国的外科医生，每年心肺移植手术要做 100 多例。单心、单肺和全心肺手术加在一起三年以上的存活率能达到 89%。而在国内至今尚无三年以上的成活先例。同样是中国医生，在这里为什么就做不出来呢？这个问题不值得深思吗？

管理体制的问题。这是他的肺腑之言。这就是他不愿意放下手中那把"刀"的原因。而此时，他已经把手中那把"刀"，放大成了一个医院。

他老家有一个婶婶，70 多岁了，两个儿子都死于肝癌。现在还在劳作，每天只睡几个小时的觉。见到她，杜祖鹰从心里都在掉眼泪。她要是在国外，不用什么特长，只要打工就能富余。

了解过他两地生活差异的人不无感慨地说，一个是世界上的发达地区，一个是中国的欠发达地区。他受了不少的委屈。但他说，再苦再累，也一定能挺得住。因为无数个中国的婶婶在等着他。一想到这些，他的心中就升腾起一股力量——为了能在国内办起一个心肺移植专科医院。

为了心中的梦想

第五辑

妙　手

为了心中的梦想

为了心的复活

黑夜……

尖刀扎进了胸腔，病人浑身一片血迹。他赶到急诊室，病人的心脏已经停止了跳动。此时，他知道耽误哪怕是半秒钟意味着什么。一切正常的手术程序全来不急了。他命令护士：上病床、剪衣服、气管插管、倒碘酒。紧跟着，他的手术刀划开了"病人"的胸腔。巨大的心包露出来，里面充满了几百毫升的血。切开心包，他的手迅速伸向了那颗静卧其中的心脏，手指轻轻地捏压，一下，两下……终于，心脏开始了跳动。但是，随着心脏的搏动，鲜血从伤口喷涌出来。针线缝合……一切是那么迅速、准确、熟练……病人的呼吸恢复了，瞳孔开始收缩。40分钟的手术，一个生命复活了。

"拿刀的"是宣武医院胸心血管副主任医师兼党委副书记张建。他今年40岁，1970年的工农兵学员，1974年来到宣武医院外科。可能外科在医院里尤如战场上的"尖刀班"，他喜欢这种硬仗。每天24小时扎在医院里。手术、查房。两年的时间，他熟悉了腹部外科、骨科、胸科、心血管科的工作。

1975年，北京市各医院抽人到农村巡回医疗，宣武医院负责北部山区的怀柔县。院领导选定他当医疗队的队长。对一个年仅23岁的小伙子来说，这副担子太重了，但他挺住了。没有医疗设备，就在老乡的炕头上做手术。参加生产劳动，他年轻，自然干在前头。一次修梯田，搬石头，不慎把腰扭了——腰椎间盘突出。人们让他回城诊治，他不去，最后领导强制，他才离队去上海进行治疗。

刚到上海，唐山发生了强烈地震。做为一名医生，他知道自己应当怎么办。他急切地登上火车，返回了北京。

医院院子里搭满了病房。手术也在临时搭起的手术棚里做。病人爆满，绝大部分是外伤，他没日没夜地站在手术台前。8 月的天气闷热异常，仅一层帆布的手术棚里，温度高达 50 多度，又没有通风设备，血腥味混杂在各种异味里，钻入人的鼻孔。高体力、高脑力的劳动，再加上恶劣的环境，他的腰椎疼痛难忍。他咬着牙，白天做手术，晚上自己打针吃药做些简单的治疗。

然而，连续作战的疲惫加上病魔的侵袭，他终于倒下了。都是内行，同事劝他好好养病，千万别"挨一刀"。作为外科医生，他知道休养与手术在人体上的分量。况且手术的位置太关键了，稍有不慎将意味着瘫痪。但是工作在等着他，病人在等着他，事业在等着他。他不能毫无休止地养下去。他终于下定了决心……

那年，他被评为北京市卫生系统先进个人，参加了全国抗震救灾表彰会。

谈及此事，他兴奋之余，略有遗憾：年轻轻的就把腰椎骨切掉一块。

但是，身体的缺陷换来了事业上的巨大成功。去年，他在北京市一万多名中青年"医林高手"中，被破格晋升为副主任医师。

他没有感到满足，而正向尖端科学发起冲击——把让死人的心脏移植到活人身上，使之复活。

在采访结束时，他即将赴加拿大，与卡尔加里大学医院的泰伯格教授共同研究支持心脏功能的技术。此时他在想什么，病床、手术台、朝夕相处的同志，还是支持他的领导、培养他的教师？人的思维飞快，难以罗列得清。

我想他一定不会忘掉一颗能够死而复活的心脏。

体验手术

这是我第一次进手术室看手术的全过程。

虽然是腔内手术，也不能有丝毫大意。在第一道门换了鞋，领出手术服，进了三道门内的更衣室，开始换衣服。我看孙玉成脱了个精光便问，我也要全脱。他是今天的主刀，每一细节都要请教。他说你可以随意，我们做泌尿手术的少不了与血、尿打交道，全脱了省事。

上午9点，我们推开了第五道门，走进手术室。因为要看电视屏幕来做手术，两组无影灯并没有开。窗帘开着，光线从窗子进来，正对着病人的手术区。麻醉师正在为病人进行着局麻。孙玉成找了个转凳坐下，静静地等待着。脸上还是和平时一样没有什么表情。也许是这种手术做了1000多例，已经成竹在胸了。

病人是70多岁的老人，患的是前列腺增生，有5公分大小，要做电切手术。这种病听起来不算什么大手术，但它是多发病，如果尿血或是尿不出尿来都是很痛苦和危险的事。而做这种电切手术更要冒很大的风险。前列腺里面地方狭窄，血管丰富。弄不好就会大出血。按传统的开刀手术，要输好几百CC的血。电切手术虽然好多了，但一些其他的后遗症也不少，什么尿频、尿不出尿、尿血、尿失禁，还有可能引起其他并发症……许多可能都存在。当年的外交部长就死于前列腺电切中的大出血。事后，著名泌尿专家吴阶平以此为专题，组织了不少专家来讨论。

麻醉师一站起来，孙玉成便走过去。戴上橡皮手套，再套上一件手术外衣，然后让护士系上后边的带子。他嘱咐护士，一定要多准备一些冲洗水。

第五辑 妙手

这时，助手已经在病人的手术区用碘氟消好了毒。孙玉成揭开罩在手术器具车上的布，从上面拿出一块块的布给病人一层层盖上。护士说，这符合严格消毒的概念。

然后，他又拿出导线和摄像头，让护士用一消过毒的细长的塑料袋套好。最后拿出的是最重要的工具——电切器。这是一个一尺多长的细金属管，就是这个管子有着很多神奇的功能：前面有电切环，这个金属环，电流高时用作切除；电流低时，用来凝血。前面还有一个极小的照明用的灯和一个摄像头，手术时可以通过它来看着电视屏幕做手术，很直观，增加了准确性。孙玉成讲，即便是这样，没有 100 例以上的经验，也不敢做这种手术。风险太大了。电切手术在全国各大城市也就一两家做得好；北京这么大的城市，包括部属医院在内，也就那么几家医院做得漂亮。

助手把病人膀胱上埋入的排尿管剪断，一股水顿时滋了出来。旁边的护士吓了一跳。助手只是轻松地一笑说，这是水。接着，又把冲洗水的管子接了上去。冲洗水从体内由尿道流出体外，开始循环了。孙玉成拿起了电切器的套管，极为敏捷娴熟地插进了尿道，然后把电切器插进了套管。

屏幕上显现出红粉色的腔体。这就是前列腺！电切器在套管内滑动。摄像头窥视着前列腺腔体。肿胀的赘肉堵住了尿的通道。孙玉成眼看着屏幕，左手拿着套管，右手拿着电切器，脚踩着脚闸，一刀一刀地切除。每下去一刀，一小条赘肉便被切除下来，深度非常均匀。随后便看见由细小的血管迅速喷出的血液迷漫在冲洗水中。水有些发浑。孙玉成对护士说，多加些水。然后，电切环又停止在血管上，凝血开关一踩，血管便被封上。屏幕又出现了清晰的画面。

麻醉师也在不停地与病人说着话。病人头脑很清醒。一听多加水，便说，少浪费点水。大家都乐着说，您都这样了还心痛那点水。老人说，那不是水，那是钱。大家更笑起来说，老人讲得精辟。

孙玉成好像没有听见别人的谈话。眼睛却始终盯着屏幕。表情依然那么严肃。即使是在平时，你也很少看到他笑。生人感觉有点冷淡，但他对工作却很认真。也可能是不大善于或是不大愿意与人打交道，"文革"时就没有卷入那"火热的运动"。刚考上北京第二医学院的他，从对数理化的偏好移情于医学，把时间和精力投入了进去，走起了不合时宜的"白专道路"。1970 年被分配到北京宣武医院，一干就是 30 多年。粉碎"四人帮"后，他又考入了研究生班。之后，在宣武医院里先是普外，然后就专攻泌尿外科。这几年开放了，他也与国外的同行有了更多的接触：先后去过美国、德国、荷兰、日本、新加坡等国家或学习或讲学，并与国际上的泌尿专家保持着紧密的联系。2000 年的 8 月，他借国际泌尿外科学会在北京开会之机，专门把欧洲泌尿外科学会副主席 D. W. W. Newling 教授请到宣武医院，向他请教人体对冲洗水的调节和适应能力的问题。

我看着屏幕，腔体已经由红粉色变成了灰白色。助手告诉我，这是切过后的腔壁，增生的腺体几乎全部切除，里面通畅了。我说，您下手真利索。他点点头。事后他告诉我，在家里并不是什么事都那么利落。有一次，爱人买了只活鸡，让他来宰。他不愿意。爱人说，你常做手术，宰只鸡算个什么。他说，那就咱俩人一块宰。爱人窝着鸡脖子，孙玉成掌刀，半天下不了手。爱人一催，他一使劲，鸡一扑楞，结果把手给拉破了。爱人埋怨他，你天天做手术，宰只鸡都不会。他说，这是两回事：一个为了生；一个为了死，感觉不一样。从此，家里再没买过活鸡。

孙玉成告诉我，手术快完了。说着，他拿起了专门用来吸取物体的艾利克球，拔出了电切器，血水顿时溅了孙玉成一身，而他却没顾上这些，迅速把艾利克球安了上去，按了两下，不一会，切下来的赘肉便随着冲洗水流到了球里。孙玉成把它倒在布上说，足有 30 克。他做过的手术中，最多的一次到过 80 多克。

助手开始忙着接冲洗瓶。

护士也开始忙着做善后工作，看到布上面的肉是一条条的丝，便开玩笑说，孙主任中午可以改京酱肉丝了。在外人看来论等级的医院，护士一点没把他当成主任医师、教授甚至是泌尿科的主任。看来，他人很随和。当年，阿尔巴尼亚有部电影叫《创伤》，说的也是一个外科医生。家里人就常随意开玩笑：一天要宰几个人呀。另一个人立刻受不了地说，别说得那么恶心。而一向不在乎的我现在也有点儿反胃了，心想天天如此真难以接受。孙玉成只是莞尔一乐。全然不当回事。也许接触得太多，见怪不怪了。他说，这没什么，印象最深的是在普外时给一个胆道蛔虫的病人做手术，取出了大大小小整整一盆儿的蛔虫。那次以后，至今他不吃面条。

他对护士说，再去加上一点冲洗水。

孙玉成把电切器取出，又插入了一根排尿管。排出的水很清澈。孙玉成说，手术很成功，没有出血点。我看了一下时间，整一个小时。孙玉成说，最多一上午做过 3 个手术。当然，准备工作要充分。

这时，我才把目光投向孙玉成。他下半身已经让冲刷下来的污水全泡湿了。看来里面真是不能穿内衣，但要经受住心理的考验。坚持 1000 多次，可不是一件容易的事。

孙玉成把切下来的物品倒到一个托盘里，打开第五道门，走出了手术室，来到门口，叫了两声病人家属的名字。第一道门一开，孙玉成把托盘让家属看过说，手术做完了，病人能够解决排尿的问题了。家人感激异常。

孙玉成又返回三道门，去洗澡更衣。我问他："您不觉得脏吗?"他说："干的就是这个工作，多少年了，习惯了，本来要有条遮水巾，忘了就不戴了。其实一做上手术，也顾不上这些，缩短手术时间才是最重要的。"我问："别的手术也这么脏吗?"他说："做网状支架有难度，但干净多了。"我问："泌尿系统病里什么病比较难治。"孙玉成说："应该是前列腺癌的治疗和根治手术。晚期前列腺癌激素治疗无效，这在西医比较发达的国外也是一大难题。原因是诊断上比较落后，一发现就是晚期，激素治疗又无效，对这类病人也要治。医生不能眼看着病人无动于衷。所以目前正与荷兰人一块攻克这个难题。目前已经治愈做了十几例晚期激素治疗无效的前列腺癌患者。目标是在三至五年内完成30例。"

我与孙玉成一块走出手术室。他说还要去病房查房。我看着这个不高不胖的中年人消失在医院走廊的人群中。

我慢慢回味着这次体验……

神经大内女神医

一

刚刚 14 岁，正是少女如花的季节，却服药自杀。

姜凤英越想越觉得这里面有问题，便说出了自己的初步判断，这孩子可能患有心理障碍。

对面的中年男子，露出了怀疑的目光，她的病状明显，最近一年来经常昏倒，别的医院都断定是癫痫，我们全家爱护有加，怎么会是心理方面的疾病呢？

姜凤英把孩子的核磁、心电图指给他看，又据孩子从出生至今在家一直"正常"的情况来分析，所以不但是，而且心病还很重。你再回想一下。

这位男子低下了头说，孩子是在十岁和十一岁的时候，两次与老师的关系紧张，自杀就是在那个时候，以后才出现昏厥的现象。

一周后，那个中年男子果然带来了那位少女。

姜凤英问，为什么那么长时间才来？

那男子说是把孩子特意从兰州接来的。

姜凤英对女孩子进行了全身检查，然后又让她做了脑电图、核磁，都没发现器质性病变，最后断定是情感障碍，是典型的心理不健康，如果必要，可以到精神科去会诊。

中年男子很是敬佩，把手机、呼机的号码全都交给了姜凤英，以示

为了心中的梦想

信任。

　　2000 年的盛夏，一位 24 岁的姑娘看急诊，双下肢无力，医生诊断是格林—巴利综合症，就是通常说的急性感染性多发性神经根神经炎。住进了医院，在急诊室观察，准备必要时做腰穿。姑娘很是害怕。

　　第三天，赶上姜凤英查房。她仔细地检查，发现这位姑娘有情绪和躯体上的问题，躯体症状主要是由负性情绪导致的，便对姑娘说："我能让你站起来，下地走。"

　　可信吗？这位姑娘用狐疑的目光看着姜大夫。

　　"我认为，你的神经没有损伤，而是传导上有了问题。先用药让神经通了，再打上一针，就能站起来了。"

　　"站起来？"

　　"对。"

　　"何时做？"

　　"先找药。药很难找。要亲自治，还要有其他大夫、护士的帮助。"

　　次日，姜凤英来了，并让护士拿出了一盒药，上面全是外文，并称这是进口的特效药，然后抽在针管里。

　　姜凤英指挥着医务人员，有人推药，有人帮助运动。然后让病人也随着运动，果然这位姑娘动起来了。等药打完了，姑娘真的能下地了。她在地上走了几步，腿还听使唤，高兴得一下抱住了男朋友。家人都乐得合不上嘴。

　　她的家属说："这药真棒，花多少钱都值。"

　　姜凤英说："其实不瞒你们说，就是普通的葡萄糖酸钙，也就几块钱吧。"

　　这位姑娘一转身，跪下了："姜大夫，我是您的干女儿，您就是我的干妈！"

　　太突然了，姜凤英一下愣住了。

　　姑娘说："我以为这辈子就要瘫在床上了，是您拯救了我。您就是我的再生之母。"

姜凤英忙把她扶起来说:"像你这样的病人,我治过上百个,如果都要当女儿,我可认不过来了。何况这是正常的工作。能治好你的病,真像有了个干女儿一样,心里特别高兴。"

同年的夏天,姜凤英参加了卫生部、中央电视台联合主办的健康之路延安行。第一站是无旗县,这是当年红军到达陕北的第一个县。这里有一位妇女患了神经纤维瘤,身上布满了疙瘩。她有一儿一女,儿子也得了这病。听说从北京来了大夫,特意来看看这病。

她一进屋,便扶着墙,一溜歪斜地走进来。丈夫赶快上去搀扶住,她的腿越来越软,快要瘫在地上了。

姜凤英觉得不对头,问是怎么了?

说是没啥大事,长了点疙瘩,看看就行了。

姜凤英问,怎么走路这样?

说开始是癔病,经常抽搐,后来医院就断定是癫痫,经常抽,走路就这样了。为治病,家里一贫如洗。

姜凤英检查后,发现并没有器质上的病,便问,以前受过什么刺激?

说是三年前,搞计划生育,"老三"都挺大的了,做了流产后,思想上有点受不了,此后就有点不正常,慢慢就成这样了。

姜凤英说:"我能让她自己走路。"

说要让她自己走,那是没想过的事,是真的,可是得救了。

姜凤英走到里屋,悄悄把镇静药舒乐安定的包装药板用剪子剪成了圆形,有一种与众不同的样子。然后出来说,这是一种很贵重的进口药,吃了就会走。接着捏住了病人的鼻子,让病人大口喘气。

一会儿,病人全身放松了。姜凤英让病人吃了药,又对病人说:"你家的钱为治病都花光了,我来给你治病。治好了,以后就不犯了。"

一两个小时后,姜凤英把她扶了起来。

她试着一走,果然站起来了,腿脚还好使。

她的丈夫将信将疑地说，以后也会自己走？

姜凤英用暗示心理治疗的方法说："再吃点药，就好了。"

他激动了："感谢卫生部、中央电视台为咱百姓看病。"

姜凤英心里也难以平静，翻翻兜，把里面的三四十元钱全拿了出来，"钱不多，拿着给家里买点鸡蛋，补补病人的身体。"

他一把拉住姜凤英的手，激动地说："姜大夫，你实心待我们，我们信得过你们。"

姜凤英的心里痛快极了，仿佛感受到了 65 年前红军初到此地的那种喜悦。

这消息在当地不胫而走，人们都把姜凤英誉为"神医"。

之后，她收到了一封信：

北京宣武医院：

由卫生部、中央电视台联合主办的 2000 年大型送医送药送知识下乡活动——健康之路延安行已于 6 月 14 日至 25 日举行，在贵院的积极参与和支持下，取得了圆满成功。本次活动中，贵院选派的神经内科姜凤英医生以饱满的政治热情，怀着对革命老区人民的深厚情谊，以其高超的医术，为延安地区的干部群众进行健康咨询、医治疾病，很好地完成了任务。在此，谨向贵院表示诚挚的谢意！

中央电视台

2000 年 6 月

二

姜凤英是有神机妙算，还是有神灵相助？

其实，这里边还真有玄机，那就是心理因素。这对综合医院的众多大夫来说，可能被忽略，或是被淡忘。而姜凤英却是越来越关注这一因素。

第五辑 妙手

传统的医学是生物医学，强调的是人体的组织系统，也就是所谓的头痛医头，脚痛医脚。而随着医学的发展，人们意识到，除此之外，还有社会的因素、心理的因素，这是现代医学的观点。而最新的后现代医学又考虑到了环境的因素。多种因素都在影响着人类的健康。

姜凤英是在临床中意识到这一点的。

那是在1997年末和1998年初，她分别遇到了两个脑血管方面的病人。在治疗时，这二人心情急燥，都想早日恢复健康，一时治不好，心理负担沉重，情绪抑郁、消沉。这时，姜凤英正好学了一些心理学方面的知识，便在治疗脑血管病的同时，加了些治抑郁的药。结果，效果意外的好。与病人不断地交流，她与病人也成了朋友。病人的情绪得到了改变，脑血管病好得很快，三个月便痊愈上班了。

姜凤英尝到了甜头，便把双休日集中起来，报名参加了由世界卫生组织北京精神卫生研究和协作培训中心举办的培训班。于是，这位50多岁的主任医师、教授又开始了新的学习，越学越意识到心理因素在治疗时的重要性了。

学习促进了反思。几年前，在神经科会诊时，一些脑血管方面的病人，都有心情不好的症状。他们抑郁寡欢，从没有开心的时候。有的则处于极度的痛苦当中，只想着病后不能挣钱，还不如死了。极度的激动，使病人出现血管痉挛。当时的办法只能是好言相劝，却没有办法把病人从痛苦中解救出来。现在想起来，如果能早一点掌握医学心理学的知识，早些用药，很可能是另外一个结局。

在两三年的学习治疗过程中，她看过了无数个患有心病的病人。这个"无数"再具体点的话，算来也有上千个。可能会有人觉得有点夸张。但只要再说上一个数字，就更吃惊了。这位一直做神经内科的大夫，自1969年从首都医科大学毕业，分到宣武医院神经内科，便一直在临床。30多年来，她看过的病人有30多万个。30多万是个什么概念，如果排成长队的话，粗算一下，就是100公里。

宣武医院的神经内科在北京乃至全国都是颇有名气的。这里把神经内科又细分为 5 个组。来这里看病的人也就格外多。每天挂她的号要提前预约或凌晨来排队。她看病又认真细致，每个病人要花上十几或几十分钟，为维护就诊者的利益，每半天只能看 15 个病人。但有时病人千里迢迢赶来，挂不上号心急躁动，甚至会影响治安，所以经常超量。一次，她曾创下一天看 60 位病人的纪录。

她接触了大量的有心病的病人。这些病人经常是在别的综合医院看过了，又来到这里，而且还很有可能再到别的医院去看。这样转来转去，是一种严重的浪费。既浪费了患者的钱财，也是有限的医疗资源的浪费。更何况会耽误病人的治疗，进一步产生更大的心灵痛苦。

要用综合分析的方法来看病人，这是医疗发展的方向。凭着她积累的宝贵经验和开阔的眼界，她挑头筹备在中华医学会北京分会里成立心身医学专业委员会。在京的三级甲等医院大多都有高年资的专业医生参加，待时机成熟，宣武医院还将牵头成立心身疾病会诊中心，把有限的医疗力量集中起来，对病人进行综合诊治。这不仅仅是神经内科与精神科的结合，还要会同风湿、心内、皮科、呼吸、内分泌、消化、妇科等的专家一同来会诊。省去了病人在各大综合医院来回转，造成不必要的医疗资源的浪费。病人可以在医院里同时得到各科医师专家的治疗，减少了时间和财力的支出。

同时还可以做一些普及性的工作，让更多的医务人员了解到，医疗不仅仅是只针对躯体的医疗；还可以为患者进行公益讲课，解除心理上的压力。

多年的临床，使姜凤英认识到：人们在工作节奏加快、竞争加剧的环境中，会感到压力加大，心理紧张。在这样的外界刺激下，人体就会产生应激反应，如精神兴奋或压抑、激素分泌增多、血糖和血压升高、心跳加快、呼吸短促等。当这种长期、反复的刺激超过了个人承受力时，能使肌体产生病理性损害，患上相应的身心疾病，例如高血压、心肌梗塞、胃溃痛、偏头痛等；要是尚未产生病理性损害，但出现失眠、疲劳、爱发脾气、情绪低落、孤独、对外界兴趣下降、多疑、注意力不集中、记忆力减退、性功能下降、无名低热、多种躯体疼痛等症状时，就要警惕进入神经症。

这就是她不懈努力的事业。

三

她的业务熟练：用药得心应手；语言也更有艺术性了。

姜凤英的门诊室像个小社会，什么样的病人都有，能感觉出时代脉搏的跳动。而本是神经内科教授、主任医师的姜凤英在这里却像个心理医生，不停地调节着每个人的情绪；像个语言大师，与病人进行着对话；像个性格演员，扮演着不同的角色，有时像个女儿，有时像个老大姐，有时又像个慈母。

生活节奏的加快和社会竞争的加剧，人们的压力越来越大。这对现代人是个严峻的考验。而社会压力所导致的病人的比例是最多的。

一位近30岁的妇女，由于煤气中毒而来到医院，脑电图显示，大脑出现缺氧现象。而且频繁出现昏迷。本来是一件简单的病，但由于原有的家庭矛盾和社会心理的重压，使她产生一种严重的恐惧感。一见到姜凤英，便落下了眼泪：

"我要是傻了怎么办？"

"你要是真傻就不会说傻了。"

"我还能好吗？"

"你会好的。我们小的时候中煤气，喝点醋就好了。现在你有这么好的医疗条件，一定会好的。"

"我在公司是个领导，我挣不了钱了。"

"你肯定能够挣钱的，要不咱们打个赌。"

"能治好？"

"能，我还要给你吃能变得更聪明的药。"

……

这位病人有 50 岁，穿着皮大衣，旁边还站着一个男子，为他提着提包。他是个公司的总经理。今天让秘书陪着来看病。他在凳子上一坐便说，已经在几个大医院都看过了。总觉得心脏有毛病，而且脸上神经麻痹，一抽一抽地动。该做的检查都做了，心电图、血管超声波、核磁、诱发电位……已经花了 2 万多元，都没查出是什么毛病。他心存疑虑：

"怎么总查不出个病？"

"你的心理压力太大。"

"是，现在的工作压力太大了，每天跟上了弦似的。"

"你这样查来查去，是医疗资源的浪费，我要是不说出你点病来，你还要到别的医院再去看，非要查出点什么才罢休。你的病就在心里。你已经那么大岁数了，人家年轻人的体力是"奔三"，你还是"三八六"，能比吗？"

"你的身体就像是一件旧衣服，要想挑毛病，哪儿都是。怎么能连脸一动都想得那么严重。我给你开上点调解神经的药。这个药要早中晚各吃一次，第一周每天吃三次，第二周减一次，第三周再减一次，第四周停。以后别想那么多了。"

……

她是个 14 岁的初中生，从吉林赶来。有时一着急紧张就头痛。她眉头紧锁，直直地看着姜大夫，疑惑地问：

"我的脑子好吗？"

"你的脑子很好，你看这个片子，多好呀。第一张是从眼部的切片，每隔一厘米就照一张，每一张的脑皮层都那么厚，皮层越厚，脑量就越大，就越聪明，没问题。你是个争强好胜的学生吧，以后少琢磨事。"

然后又对带她来看病的妈妈说："家长也少给孩子压力。不给压力还自责，还追求完美呢，再给加压就受不了了。"再对孩子说："考不好是因为题太偏。其实，班里考第一的，今后也不一定有什么发明创造，也不一定是大科学家。对吗？"

她灿烂地笑了。

"好，我给你的药，紧张的时候就吃上一粒，你一定会聪明的，争取考到北京来。"

……

家庭矛盾触动了原有的病，也会导致心理问题加重。

这位老人患有帕金森氏病，行动不便。老伴已去世，身边只有一儿，因与儿子、儿媳的矛盾，情绪总不好。这次又因为拌嘴而犯病。其弟特意从外地赶来。来到医院时，病人的病情严重得连话都说不出了。

姜凤英给她做了例行的检查。

其弟在一旁痛哭起来："等她好了，我要把她送敬老院，在家里老受气，饭往桌前一放就不管了，经常吃凉饭。"

姜凤英回过头来对其弟说："你哭什么？哭只能让她心里更加难受。你看她不会说话，但流出了眼泪，这对病情没有好处。这些话不能当着病人说。"

她带着家属来到了隔壁继续说："你心痛姐姐，能把她带回家去吗？俗话说久病床前无孝子。病人也会有磨人的一面。你要两方面来看这个事。不能总在病人前说这些话，让她伤心，加重她的病情。作为长辈，要让一家人和睦。"

……

这位是个老病号，在姜凤英这儿看了有半年多的时间，病情已经好多了，但还是有头昏、心慌、睡不好觉的毛病。

"你是精神上的毛病，总想事吧？"

"是。家里老有烦人的事，为房。我妈跟我 20 多年了，现在上了岁数，我哥又惦记上妈的房子了。想不通，整天睡不好觉。"

"房子的事找个律师，让老太太立个遗嘱，省得百年之后闹家庭纠纷。

多简单的事，以后就不要再去想了。我再给你开上些安眠、健脑的药，早晚各吃一粒。"

……

一些有文化，懂得点医学知识的老人，对家里亲人的话将信将疑，一有点风吹草动就怀疑有更严重的病。姜凤英了解病人的心理，一定要让病人来一趟，让病人亲自听。有的老人听力不好，姜凤英讲得更是认真。

这位病人患的是动脉硬化，却总怕形成脑血栓，于是不敢动窝了。

姜凤英便对着片子给病人讲：你的血管壁里有斑块，长在上边了，喀嚓都喀嚓不下来。但斑块小，还占不到血管的50％，也不能做支架手术。今天叫你来，是跟你讲清楚，不要总想着什么脑血栓。以后要多到外面运动运动，别老在家里待着。

……

这位老人有86岁，教了一辈子书，春节非要去趟商场，回来后就偏头疼，而且疼得使一边腿脚不好使，于是怀疑得了半身不遂，心事重重，哪儿也不敢动了。

岁数一大，就成了老小孩。姜凤英对他讲，头疼是病毒性感冒引起的。半身不遂不会是全在一边疼，头疼与腿脚不听使唤是交叉的。老爷子，您放心吧，没事儿，有宣武医院神经内科呢！

……

独生子女的孤独症也是常见的心理疾病。

这位大学生很要强，学习成绩也不错，只是没考上北大、清华，给他的心理造成了很大的压力，对什么事都心存疑虑。然后就出现了奇怪的现象，人多就撒不出尿。晚上不敢上晚自习，怕与同学同厕。只能一个人闷在宿舍里。经检查，生殖器官没有毛病。

他先发问："姜大夫，您是心理医生吧？"

"不是，我不是给你做了全身检查吗？心理医生不会给你做这样的检查。你就是顾虑太多，还不往好地儿想。我给你开上点药，出门买瓶矿泉水先吃一片。"

"会不会形成依赖，一辈子就吃下去了？"

"怎么会，你想吃一辈子我还不给呢。"

"这药有没有副作用？"

"没有。不能往绝对上想，馒头有副作用吗，吃多了也会撑着。"

"吃了就能好吗？"

"那当然，这药里面有奥秘。但一定要按我的指令去做。我拿你当我的孩子，不听话我会生气，要'揍'你呦。"

姜凤英说，这些人精神上都有毛病，向前推一步就是精神病患者，拉一把就是正常人。大夫的职责是挽救。

四

医生并不是生活在真空里：同行的竞争、金钱的诱惑、患者的压力、肩上的责任……凡此种种，都在冲击着这个行业。姜凤英也在其中。

但对她来讲什么都难以抵挡另一股更大的冲击。

患者是她的动力。

一位跟随她六七年的脑血管患者已经76岁了，每次都按时来检查。一次预约的时间正好赶上天气不好，下起了瓢泼大雨。这位老人依旧来了，布鞋里面全是雨水。

姜凤英心里很是不忍："您另换个时间来检查也没有问题。"

"约好的时间就一定要来！"

姜凤英把老人扶上床，脱去了老人湿透了的鞋和袜子，拿出小手电筒、尺子、橡皮槌，极为仔细地为老人做了检查，然后说，病情一切正常，您放心吧。下次天儿不好就一定不要来了，换个时间没有问题，哪怕打个电话也行。

……

一位病人60多岁了，下肢又不好，只能坐在轮椅上，早起从海淀区赶来，已经6点了，没挂到上午的号，看病时已是下午两点了，为了不上厕所，再给儿女添麻烦，一直没吃没喝。姜凤英很是感动，拿过自己的茶杯说："您先喝点水吧。"

……

每想到这样的病人，姜凤英的心里就不能平静。病人对自己的信任不是用金钱能买得来的。

这些在证明着自己的价值。

姜凤英看得更重的是一种成就感。

针刀神

别以为是在故弄玄虚。这不，诊室的门一开，进来一老一少。老的张口便说："您可救了俺们啦！"接着一按少的，"快给王大夫磕头！"少的立刻跪倒，咚咚磕起了响头。王燮荣大夫急忙从椅子上站起，扶起了那少的。

少的 16 岁了，才上三年级，只因为老头疼，一直辍学。犯起病来疼痛难忍，头撞地、撞墙也转移不了痛点。他是沧州人，河北、北京跑过 6 个大医院。诊断结果有偏头痛、癫痫、癔病、神经性头痛之类，却医治无效。

有病乱投医。听朋友介绍：北京海军总医院门诊部的王大夫用一把神奇的针刀，专治各种疼痛顽症，便投奔到这里。王大夫摸着那少年的头，反复检查，理清了病因。叫什么都不准确，便自己起个名：枕大神经卡压综合症。

他拿起那把针刀，用左手大指在耳后找准了穴位。入针。沿肌肉走向轻轻切了三下，再左右剥离。出针。仅十几秒钟，少年的头登时不疼了。王大夫用手指轻轻揉着穴位："不好再来看！"

五天，没来；十天，没来。一个月，来了。病完全好了。

这不是神聊，是神了。

事儿是神，王燮荣却是个人，一个普普通通的人，时年 51 岁。上中学时，王燮荣想当兵，又想学医。一次空军到学校招飞行员，他抢先报了名。严格的体检给他留下了深深的遗憾。不久，第四军医大学首次公开招收地方学员，他欣喜若狂，两种愿望同时实现，再好不过。他刻苦温习功课。1959 年 8 月，他的梦想实现了。1965 年毕业。院领导让他搞教学。后又改行搞电子显微镜。而他的心中始终向往着外科。刀到，病除，多么痛快淋漓。尤其是在建工医院教学和进修期间。病人大多是外伤。看到痛苦不堪的病人，更增强了他的愿望。教学与科研给他带来了益处：接触面广，对各学科都有了较深入的研究。一晃就是20年，几经辗转，院领导任命他为门诊部主任。接病人的机会更多了。

一次朋友介绍，说朱汉章教授将在庐山举办小针刀疗法讲习班。他报了名。寒冬腊月的天气，庐山飘着鹅毛大雪，山封路滑，完全失去了夏日的惬意。迎接他的是寒冷。南方没有炉火，屋里，盖着三床被子还瑟瑟作抖。白天听课，晚上读书。每当浑身战栗的时候，他想到的是众多的颈、肩、腰、腿痛患者。心中立刻升腾起一股歉疚和茫然。随着课程的推进，他的眼界豁然开朗。世上竟然有这样一种简便有效的外科手术新方法。他喜不自胜，彻夜难眠，下决心钻进去，为治愈这类患者闯出一条路……

这针刀究竟是何物？说来太不起眼。不过是一毫米粗、几厘米长的一枚不锈钢针，前端扁扁的一个刀刃，整体极像微型改锥。用王大夫的话说就是将针灸的"针"与外科手术的"刀"有机地融为一体。其实这句话也是对针刀疗法理论的一个高度概括。事情往往是这样，概括得越简单，内涵越丰富。

人体活动是一种平衡的艺术。当身体的某个部位受到损伤，肌肉或韧带的连接点的面积就会加大，身体原有的平衡就会被打破，造成人体功能活动障碍和疼痛。犹如电线杆，若要立得牢，必须有两根均等的铁丝拉紧。如果一长一短，或一紧一松，必然破坏力的平衡。人亦如此，韧带的疤痕或粘连，面积越大，该部位的活动范围越小，造成动态平衡失调。针刀就是插入该部位，切开那些多余的粘连部分，使人体恢复正常的动态平衡。

针刀疗法的理论建立在中医的经络针灸学说的基础之上。而那些受损伤的连接点就是痛点，也往往就是穴位。针刀入针操作时，病人同样有酸、麻、胀的感觉。通过一定的操作手法，可以疏通经络，调节阴阳平衡，使疾病痊愈，而且比针灸的效果更强烈。而找准部位，切开痛点，则需要运用解剖学、肩理学、外科学、生物力学等现代医学知识和理论。某种角度讲，针刀疗法更侧重于西医。它要求医生对每一种疾病的病因病理和临床表现有较透彻的了解，并作出准确的诊断，还要对人体的每个部位包括神经、血、骨、结构，甚至每块肌肉、每条韧带的走向都要了如指掌，这样才能"一箭中的"。

针刀刀法是"软"科学，适用于各种慢性软组织损伤引起的疼痛。如肩周炎、颈椎病、腰腿扭以及肌肉韧带劳损性疾病，并对踝骨骨刺也有较好疗效。这是一种闭合性手术，不切开，不出血，无需缝合，不留疤痕，实现了外科从开不了刀到能开刀，再到"不开刀"的第二次飞跃。朱汉章教授的这项发明曾获得国内"华佗金像奖"和第37届国际科技新发明博览会尤里卡金牌奖。

王燮荣打心眼里爱上了针刀。他向书本学，向同行大夫请教。几年来，他用针刀治愈了1600余名病人。通过大量的临床实践，他摸索出了一套以针刀为主配合推拿、整复等手法以及中西药物在内的治疗技术，形成了自己的思路，收到了较好的效果。

给他印象很深的是一位36岁的妇女郑某。她因车祸造成外伤性骨盆骨折。经过住院治疗，骨折已经愈合，却留下了腰腿痛后遗症。疼起来，吃止痛片也无济于事。她在各大医院转了两年多，来就诊时仍拄着拐，弯腰前倾，两腿跛行，骨盆倾斜，身体严重扭曲。两人搀着，扶上病床时，她疼得直掉眼泪。王燮荣知道这是个难题：腰部以下，肌肉、韧带错综复杂，面对这一后遗症，医治绝非一日之功。医生的良心和责任感使他收下了病人，开始了漫长的疗程。每次医治，都用针刀切除十几个痛点，再配合牵引、理疗、推拿、整复，他付出了超常的代价。半年以后，这位妇女终于能够直立行走，正常上班和料理家务了。

事情往往这样，"神奇"源于平凡。王燮荣在创造着一个个"神话故事"。来自承德地区的张彩云，从土改时起，当了一辈子妇女主任，现在年龄大了患上骨质增生，膝关节打不过弯，拄着拐找到王燮荣。经过 7 次治疗，能走了，她心情格外高兴，从海军总医院往返步行 40 里，特意去游览了一辈子景仰的天安门。就要出院了，她则给医院领导一盘磁带。留下的是她对"针刀"和王燮荣的赞叹！

第五辑 妙手

与 SARS 战斗的天使

挑战生命的极限

郝秀红是老疙瘩，很得父母的宠。5 个哥哥也都喜爱这个小妹妹。姐姐比她大好多岁，遇事也总让她三分。她就是在这样的环境里长大的。她的身材不高，体重不胖。圆圆的脸，慈眉善目，长着一双笑眼，很讨人喜欢。

与她接触，能感觉到她的贤慧、宽容、周到、细致、温柔，感觉到她的自信，感觉到她内心的平静与满足，感觉到她东方女性的性格。她是个值得疼爱的女子，赢得了丈夫的欢心。她上班，步行有 15 分钟的路程。丈夫每天一定要用汽车接送。如今她已经 42 岁了，还是照样娇惯。丈夫在一家外企工作，挣着美元。儿子正在上高二。她完全有实力，也有理由在家相夫教子。

她没有。

姐姐是个医生，在上学时她就羡慕不已。这是个既神奇又神圣的职业。而母亲又患神经性头痛，很是痛苦。医生能治病救人，也能治好妈的病。高中一毕业，她就选择了这一职业，做了护士。她一直干到如今，现在当了护士长。

那年，非典从天而降。疫情蔓延开来。4 月 25 日、26 日，接连召开了煤炭安全局和医院的动员会。煤炭总医院就地全部转为非典定点医院。28 日宣布建立非典病房，29 日非典病人入住。一切都来得那么急促。紧迫的形势，根本来不急走任何的形式。不用申请，你自然就是隔离病区的医护人员。除非采取否定的态度，有人从此离开了医院。

郝秀红当时想了一下自己的身体：自生完孩子后一直贫血，血色素 8克，十几年了，最好的时候是 9.3 克；刚刚做完了全组鼻窦炎的手术，第一道防线已经破坏，与疾病颉颃，稍有失衡，极易感染。但她想：自己是中共党员，是护士长，是一名医护工作者。国家有难，匹夫有责。医护工作者的使命感让她只有选择一线。

她把这个想法告诉了丈夫。

丈夫说："别人有力气也使不上，现在正是需要你们技术的时候。我全力支持。"

郝秀红又搂过了自己的孩子。

孩子说："妈妈，您不要紧张，就放心地去吧！我会好好照顾自己，好好学习的。"

丈夫说："我只是不放心你的身体，还有——就是你干起活儿来就忘记了一切。"

郝秀红深情地看了丈夫一眼，说："那你答应我，好好照顾孩子。"

大姐

她就这样匆匆来到了医院。

在家她是个娇妻，在医院她是个大姐。她负责 9 病区，护士的年龄都比她小。平时的关系很好，她们觉得她和蔼亲切，习惯称她大姐。她知道这一来，就真是她们的大姐了。这些小妹妹们的生命安全都在她的掌握之中了，一旦管理不善，她担不了这个责任，也对不起这些小妹妹。她们的阅历不深，情绪易波动。每个人都在承受着巨大的压力。她对护士们说："非典把我们聚在一起。你不去，她不去，人人自危，都躲到家里。我们也不会安全。非典一天不战胜，民族的安全和健康就无从谈起。"

战场就在眼前。医护人员只看了一段录像片，然后告诉了防护服怎样穿，就来到了与非典战斗的第一线。从没有与疫情接触过的医护人员，犹如没有枪的战士，用弱小的身体，与病毒展开了战斗。

入住病区的当夜，郝秀红找到了其他病区的两位护士长。她知道一切都没有现成的方法，只有凭借着平时积累的经验，把工作流程安排好，要保证每个环节的卫生消毒到位，要确保 15 个护士和 7 名大夫的生命安全，要确保自己的这个战斗群体不减员。此时，她觉得与同事的关系，比平时又多了一层——生死与共的战友。

9 病区是男病区。而她们大都是来自妇产科的护士，连心电监测和无创呼吸机也没有用过。她们没有接触疫情的经验，没有护理男病人的经验。男病人有特殊反应怎么办？病人心理变态怎么办？医疗用品出现短缺怎么办？这些问号一个个在郝秀红的脑海中闪现。她听到过，有的病人不配合，你给他扎点滴，他摘你口罩。诸如此类的问题出现后怎样应对。她深感，任何一个细节出现问题，都可能"全军覆灭"。

瘟疫就这样来到了身边。9 病区共有 18 个床位，在病人开始入住后的第三天就满了。医护人员的工作一下就满负荷运转了。不要说工作，先看看每次在进病区之前从里到外的穿戴：刷手衣，戴一次性帽子；不透气的连体猴服；外隔离衣裤；头上再戴不透气的粉色浴帽。一共是三层帽子。人被包在一个不透气的封闭的套子里。手上戴手套，脚下穿雨鞋，脸上戴护目镜和多层口罩。憋气、缺氧，使得头痛、恶心、呕吐。护目镜上还结着雾气，还要"三查七对"，不能出现差错。后来有了防雾剂，护目镜上的消毒液和防雾剂的两种气味混在一起，薰得眼睛难受。她们依然要为病人输液、打针、吃药、清洁、消毒、生活护理……18 个病人，每天输液就是 180 瓶；消毒液要配 45 万毫升。还要对污染区、半污染区、清洁区以及空气进行消毒，还要擦地，擦小桌，擦坐便器，刷厕所。

进隔离区就要连续干上 6 个小时。防护服穿脱一次极不方便，造价较高不说，重要的是增加了感染的机会，所以，进去就不能出来。之中个人的事，什么也做不了。饿，不能吃；渴，不能喝。喝进去的水要想再出来就不容易了。进去之前，只能少喝水。而穿上防护服，再干活，浑身发热、出汗，也只能那么渴着。等到从隔离区出来，浑身的水分少得可怜，连尿都是橙汁色。如果女同志赶上特殊的日子，只能任其恣意，没办法处理。裤子湿透了，连刷手衣也洇湿了。长时间的沤浸，又引发了炎症，奇痒钻心，坐立不安。

郝秀红身在其中。种种痛苦折磨着她。她不能退，必须身先士卒。她一退缩，谁还敢上？最紧张的那几天，她一天只吃一次饭，只尿一次尿，只睡两个小时。

病人的大小便100%有病毒，很危险。病人每天用完简易坐便器都要消毒。每天的冲水和大小便加在一起有20公斤重。她们要把这个大桶搬到厕所，抬起来倒掉，再冲刷消毒。这是个体力活，男子汉干起来，在正常的情况下都不轻松，更何况是在那个环境里，穿着不透气的防护服，再加上令人窒息的气味。一个做完，就已是汗水淋漓、气喘吁吁了。口罩一会儿就湿了，湿了就失去防护作用，要马上更换。郝秀红做完了第三个，痔疮就犯了。她忍着巨痛，一直坚持做完了18个，直到换班后，才换药。

她忘我的工作态度，感染了医护人员。大家都争着做事情。能一个人做的，就绝不叫人帮助。减少一个人的进入，就减少一份被感染的可能。大家在互相鼓着劲。在隔离区，医护人员每天默默而认真地做着自己的工作。这里没有外人，也没有监督。她们凭的是自己的道德、良心和责任心。

极限

过度的操劳、体力的透支，郝秀红的身体出现了问题。严重缺水，舌头伸不出来，干得打卷。第三天，郝秀红发起了烧，37.5度。她觉得不对劲，怀疑感染上了非典，主动与同事分开，来到了单独房间。她疲惫不堪，昏昏沉沉中，觉得要完了，到了生命的终点。她给哥哥姐姐打了电话。

兄长都在鼓励她：让她挺住，坚强起来。

姐姐告诉她：这几天每天都在看电视，关注疫情的变化。而且为她已经买了增强免疫力的药。如果染上非典一定到我的医院来看，我最了解你的身体，一定能治好。

她又给丈夫拨通了电话，流着泪水诉说着一生从没受过的罪。她觉得不行了，支撑不住了。

电话那端传来了丈夫的声音：要相信自己，你一定能成！

巨大的精神力量，使她渐渐理智起来。她仔细分析了一下发烧的原因，很可能是缺水而导致的脱水热。她吃了泰立特和抗病毒的药，然后一口气喝了4瓶矿泉水、4瓶酸奶，又喝了两暖瓶的菊花茶。小便渐渐多了，她也就放心了。

她的头还痛，却还在想着护士们。突然，一种警觉和后怕传遍了她的全身。她怎么也睡不下去，立刻拨通了主任的电话，说：病区的走廊很危险，很可能是个大污染源。病人要从这里上厕所，病室里的垃圾也会污染走廊，病室的窗户为了安全又不能打开。医护人员巡视病人要在这里出入。这样下去我们会全军覆灭。请你向领导呼吁，一定要更改行走路线。她流出了眼泪。这是为了病人和医护人员的健康。后来，行走路线改了。

危急中，她又想到了另外一个问题。为了切断污染源，SARS病人用过的物品一律焚烧。医院为病人准备的是一次性床单。这种床单不能承受重力。一旦病人出现意外，之后的问题很难处理。按照原来的工作程序，只铺一次性床单。郝秀红想得很细。在一次性床单下，再铺一层平常的布床单。这样，既干净卫生，又便于处理病人的意外。这些措施在以后的护理中都得到了很好的验证和应用。

第二天，她的烧退了，就又投入了工作。

她每天在病区询问病情，了解病人的心理需要。为了减少病人和医护人员之间的说话，保存体力，她把日常的用语，写了很多小卡片，如：少说话，免得缺氧。请你要多吃多喝，战胜疾病。这些无声的话语，给了病人极大的鼓舞。

诸如此类细致入微的办法，为下一批医护人员提供了宝贵的经验。

在郝秀红的眼里，每个病人都是无辜的，都是那么可敬可爱。有的比自己的孩子大不了多少；有的跟爱人一样，在挑着家庭和事业的大梁；有的跟父母一样，要细心照顾。她同情病人，痛恨病魔。面对 SARS，她没有惧怕，照常给病人喂吃喂喝。年纪大的病人要喝酸奶，她就插上吸管，摘掉病人口罩，放到老人嘴里。这是零距离的接触。她知道这样很危险，但依然故我。

她曾接触过死亡。病人是个身材魁梧的硬汉，猖狂的病毒吞噬着他的机体。他的病情日益严重。她深深地为他惋惜。她想，在单位，他一定是工作中的骨干、中坚。而一个护士，没有回天之力，没有灵丹妙药，只有细心地为他护理，默默地为他祈祷，为他流泪。然而，他没能逃过生命的劫难。人在去世后，分泌物的毒性极强。医护人员泰然自若，为故去的人擦拭了身体，把耳鼻嘴堵好，就像对待一个病人一样。7 个医护人员用尽全身的力气，才把尸体抬到平车上，然后送故去之人平安上路。在生与死的对话中，医护人员表现了未曾有过的从容。

护士节那天，她来到病区，为病人写下了：今天是我们的节日。我愿与你们共同度过这个难忘的时刻。你我同舟共济，让 SARS 踩在你我脚下，家人盼你们早日康复。

病人高兴地说：谢谢护士长！谢谢护士长！

有的病人也写了"祝你们节日快乐"，贴在了窗上。

有的病人很感动，折了千纸鹤送给医护人员。

医护人员能记下每一个病人。而在病人眼里，她们全都一样，只能问：你们是哪个科的，出院后一定来看望你们。

旗帜

在休整期间，她与这些护士倾心交谈，无话不说。9 病区岁数小的护士才二十多。她为她们的勇气而赞叹，为她们的选择而振奋，为有这样的战友而自豪。心灵的碰撞，使她们的关系更亲密了。她觉得，年龄上，是她们的大姐；工作上，是她们的护士长；组织上，是一个老党员。要从各方面关心她们。她说：SARS 把我们淘洗了一次。我们要为这个缘份而感到自豪和欣慰。这 21 天，不是所有人都能有这段经历。这是人生的一次锻炼、思想上的一次升华。

她鼓励她们写入党申请书，为她们找党章，为她们辅导。

这些小妹妹，每个人都写了入党申请书、思想汇报和请战书。

她对她们说：经过"战争"的洗礼，在以后的工作中，就没有战胜不了的困难。SARS 战胜以后，我不管何时，随时愿意做你们的入党介绍人，直到你们的愿望实现。

她心中想的是：一个党员一面旗。

总结评比时，支部书记事先找到郝秀红说：表彰先进中，准备有你一个。

郝秀红说：这样的荣誉我不能接受，先进应该让给最基层的护士。任何一层领导，都有种种理由，少到一线。而护士不能，她们就像一颗镙丝钉，只能拧在那里。她们出力最多，冒的风险最大，再次合作需要我们的凝聚力。有人说得好，这次疫情中，如果说医护人员是最可爱的人，那么护士就是最最可爱的人。

当休整完毕之后，在下汽车分手之时，那种亲情友情情一下涌上心头。小妹妹们都流下了热泪，挥着手说：大姐，我们在家随时听候你的召唤！

郝秀红想着：这是情感的力量。没有情感的支撑，我们之中肯定有倒下的。

她沉浸在幸福之中。她慢慢转过身来，"专车"来接她了。车门一开，丈夫从车上下来，手里拿着一大束鲜花。郝秀红突然见到了亲人，一阵子委屈和辛酸全都涌上来，激动地冲了过去。此时儿子也从车上下来了。她含着泪水，只伸出了一只手。丈夫紧紧握住这一只手，用关怀和心疼的目光看着她，轻声说了一句：你辛苦了！然后把鲜花献给她。她们的目光对视着，交流着。

她低下了头，闻着扑鼻的芳香，轻轻吻着鲜花。

丈夫把她扶上了车。

一个身材不高、体格不壮的女性，消失在车流之中。

她是一个普通的妇女，也是医护工作者中的普通一员。正是由一个个众多的郝秀红组成的这个弱势群体，支撑了这场突如其来的社会震动。